私の漂流記

曾野綾子
Sono Ayako

河出書房新社

私の漂流記　†　目次

第一話　海学事始（うみがくことはじめ）　9
――味わい濃く人生を生きるには、深く愛すること
第二話　電波の沈黙時間　16
――「弱者の声に耳を傾ける」という真の意味
第三話　阿呆のスープ　23
――外国旅行で、他人を当てにしてはならない
第四話　エレベーター・ボーイ　30
――礼儀正しく語ることと、沈黙を守ること
第五話　洋上大学　37
――死を迎える準備だけはすること

第六話　一人語り　44
——船は、人生そのものを乗せて走る
第七話　ハワイの休日　51
——死者は、無言のうちに過去を語る
第八話　青年たちは海へ出る　58
——「魂の自由」への旅
第九話　陸影を見ず　65
——無寄港航海の針路
第十話　マラッカ・シンガポール海峡は生命線　72
——海賊対策は必須事項

第十一話　東南アジアに浸る　79
——現世における存在の意味を考える

第十二話　ターメリックの匂い　86
——現場を知らずに、感謝も批判もできない

第十三話　ひねもすのたりのたりかな、の作業船　93
——壊したものは直す、という原則

第十四話　「ペドマン号」との出会い　100
——海上での黙禱と濃密な祈り

第十五話　タンカーでの船旅〈湾岸まで　Ⅰ〉　107
——電気は民主主義を可能にする第一条件

第十六話　ゴジラの卵船〈湾岸までⅡ〉114
——海賊に対する厳重な見張り
第十七話　島が動いた！〈湾岸までⅢ〉121
——衛星の呼び出し方にまでコツがある
第十八話　「アルビダ号」での日々〈湾岸までⅣ〉128
——人や組織は「自己完結型」で生きなければならない
第十九話　遅く走る理由〈湾岸までⅤ〉135
——私たちの日常生活を支える偉大な人々
第二十話　プロムナード・デッキの風　142
——人の生死と船はぴったりと結びつく

第二十一話　ダンスのお楽しみ　149
——人生最後の過ごし方は実にさまざま

第二十二話　人生の交差点　156
——愛とは見守ること。船は船客を見守る

第二十三話　船上の出会いについて　163
——強烈な現実に向き合うことが、人生に感動を与える

第二十四話　その故郷を海から見つめ　170
——まだ見ぬ世界と、航海に夢を賭ける

あとがき　178

私の漂流記

第一話　海学事始（うみがくことはじめ）

――味わい濃く人生を生きるには、深く愛すること

私が、海やクルーズについて書くというと、私の知人たちは「なんであなたが」と言うに違いないと思う。

私はどちらかというと、海や船に乗ることを嫌っていたし、その自分の狭量さを、人に語ることで笑うことがよくあったからである。

知人の何人かが、新しいヨットやボートを買う度に「今度乗りにおいでよ」と、言ってくれるのだが、「海だの船だの嫌よ。揺れるし、風はベトベトしてるし、私は足元の動かない陸地の方が好き」と憎たらしい口をきいていたのである。

もっと他の理由もある。私はプールの横は泳げるけど、縦に泳ぐ自信がない。つまり

泳げないのではなくて、水が怖いのである。それに閉ざされた場所が怖いという「閉所恐怖症」がある。水で呼吸ができなくなるということは、もっとも感覚的な閉所恐怖なのである。

ものを考えるにも書くにも、揺れる平面では難しい。潮風にあたった場所はすぐ雑巾で拭きたくなる。私は海を愛する男たちの心理と、まるっきり反対の心理状態にいた。

その私が、二十代の終わりに、すでに船の勉強をしていたということは極めて不思議なことと思われる。小説の動機となる瞬間の理由を明確に覚えているということは、実は極めて少ないのが普通なのだが、私が船の勉強を始める気になったのも、神がかりとは言わないまでも、実に不思議なきっかけからだったのだろう。私はつまり或る男の心理だか哲学だか運命だかを書きたかったのだが、そのためには、その人物が船乗りであることがどうしても必要だったのである。言葉を変えて言えば、私は或る日突然、或る人に出会い、その人の言葉に打たれ、そして、それが自分の中で用意されていた小説の世界と、まるで列車の連結器がガシャンと繋がるように、作品の形になる瞬間があることを知っていたのだ。

そこで私は、海と船の勉強をすることにした。とはいっても、海辺育ちの子供や漁師の家に生まれた子でもないから、海のことについては何一つ知らない。

しかし私は、運の良い人間だったのかもしれない。人生を振り返ってみると、私の周囲には常に、適切な時に最高の「先生」と呼べるような人が現れた。その時も、商船の世界のことを一から教えてくれる先生が身近に見つかったのである。

夫の同級生の一人は、船会社の経営者であった。その人の会社に、実に個性的な人がいて……ということは、その人は個性が強すぎて、会社では多分一種の変人か頑固者と思われていたのだろうが、夫の友人はきわめて勘のいい人だったから、私に海事知識を教えるには、その人物が最適だろうとあたりをつけてくれたようである。渡し舟以外の大きさの船には、乗ったこともないことも触ったこともない私は、その先生の前で緊張していた。

「水上は、川であろうと、海であろうと、右側交通です」

と先生は始めた。へえ、そうだったのか、と私は初めて意識に留めた。

「船が左右の舷側に明かりをともしているのを知ってますか」

とその人は尋ねた。私は知らなかったというより、意識していなかったという感じであった。暗い海の上で、そうした光を見たことはあるような気がしたが、深く注意して眺めたことはなかった。

「船は、原則として左側で港に接岸しますが、そちらをポートサイド（左舷）と言います」

私は子供の時から、同じ年頃の学生と比べると少し英語ができる方だったから（それは子供の時から、英米人の修道女について学ぶ私立学校で育ったおかげであった）、ポートサイドとは、文字通りポート（港）サイド（側）という意味だとすぐ理解できた。反対に船の右側（右舷）はスターボードと言うのである。これも私はすぐに「誤解」することで覚えた。ほんとうはスターは「舵を取る」ということで、昔は右舷に突き出たオールで舵を取ったところから「舵取り側」とでも訳すべきものだったようである。ところが私は、星（スター）を観測する側なのだな、と早とちりした。

昔の船員はやはりよく星座を知っていた。今と違ってGPS（全地球測位システム）などというものもない時代だから、船は、毎日正午に太陽をもとに位置の測定をしていた。だから私は星の観測用なのだな、と勘違いしたのである。星を観測するには、港に接していて、町の灯火の明るい左舷より、海面だけが広がっている暗い右舷の方がいいに違いないから、「星の舷側」というニュアンスでそういうのだろう、と私なりに筋を通したつもりであった。

私の海事知識の第一歩は、すべて海上を航行する船は、左舷には必ず赤い灯を灯し、右舷には緑の灯を灯さねばならない、という規則だった。「こいつはやっかいだ」と私は心の中で考えた。私は秀才ではないので、暗記が苦手だったし、こういうものに限って正反対に覚える可能性があった。すると先生は、それを見越していたように「『赤玉ポートワイン』というのがあるでしょ」と教えてくれた。

今はもうそんなお酒はないのかもしれないが、今のように一般家庭でワインを飲む風習などなかった昔には、悪酔いするような甘い赤玉ポートワインなるぶどう酒があって、母たちはそれをフルーツポンチを作る時などにちょっと入れていた。つまりポートサイドに付ける灯が、赤玉だと覚えろということなのである。

夜でも向こうからやって来る船が、緑の明かりを見せていたら、それは右舷を見せて走っているということだから、「本船」(自分の乗っている船のこと)の右方の海上を航行していることになる。そして海上衝突予防法の知識の第一歩は、「他船を右舷に見る船に、回避義務がある」ということだというから、この赤灯・緑灯を見分けることは実に大きな意味を持っているのである。

この海事知識の講義は何回くらい続いたか私は記憶にないが、今も深く感謝している。私ほど素人にしては基本からまっとうに深くこの世界を習った人は多分いないだろうし、それが私に、商船の世界に関する深い愛着を持ち続けるきっかけを与えたからだ。人にせよものにせよ、深く愛して死んだ方が、それだけ味わい濃く人生を生きたことになる。

この先生は、ほんとうは第一級の秀才らしく、昔は日本郵船の船員だった。しかし彼によると、郵船はどうも堅苦しくて嫌だった、という。どういう風にですか？　と或る時聞くと、四時間ずつの当直（ワッチ）に立つ時、船橋（ブリッジ）の窓枠にちょっと寄り掛かるような姿勢を取ることだってあるのだが、郵船だけはそれを許されない。タバコも飲めない。それでどうしても自分の性格に合わなくて、出てきてしまったのだ、という。

「辞める時、（退職金として）手づかみで引き出しから三百円もらって出て来ましたよ」という話は、この世界の歴史小説の一場面だろう。

しかしこの先生は、私の教育に関しては厳しくまっとうだった。私は当時の船の職制だって何一つ知らなかった。甲板部は、船のエンジン以外の機能を受け持つのだが、船長の下に一等航海士から普通三等航海士までいる。機関部その他も、機関長の下に……と職種上下関係を図に書いて教えられたが、風呂や便所の掃除をする若い者を「ドバス」、倉庫番は「ストーキー」というのだと、やや古典になった職種名まで、ついでに教えてもらった。これらはいずれも、英語の呼び方を日本風に訛った結果で、こうしたおかしな英語風日本語は、後年土木の勉強をした時にも始終でくわしたものである。ストーキーは、ストアー（倉庫）キーパー（番人）ではないかと思えたが、ドバスにいたってはドレイン（流す）とバス（風呂）を合わせた単語かなと勝手な推測をしているだけで、現在では誰も聞いたことがない単語だという。しかしそんな形で、私は一時代前の海事知識の個人教授を受けたのである。

第二話　電波の沈黙時間

――「弱者の声に耳を傾ける」という真の意味

乗り物には全て古い型のものがあって、電車でも自動車でも、通はその古い型の持つ歴史に惹かれるものである。

機関車の場合でいうと、私が子供の頃乗り馴れていたのは、いわゆる蒸気機関車で、石炭を焚いてその蒸気でエンジンを動かすものだった。だから、機関車には煙突が付いていてそこから出る蒸気が「シュシュポッポ、シュッポッポ」と言っていると表現した。汽車に乗った人は、窓を開けて走る夏などは殊に、鼻の穴が煤で真っ黒になった。

昭和三十年代の貨物船のエンジンは、すでにほとんどが石油を燃して走るディーゼル・エンジンになっていたが、私が初めて体験的に乗せてもらえた船は、幸運にも石炭を焚いて走るレシプロエンジン（往復エンジン）の船であった。

もっとも、当時だってこの手の古い型の船を探すのはなかなか難しかったのである。その船は戦時標準型船舶と呼ばれるもので、素人風に言えば日本が負け戦になってあわてて作ったオンボロ輸送船であった。あまりにも造作がお粗末で「板子一枚下は地獄」と言われていたというこの船は、事実まもなく解体されて、戦後の貨物船の歴史から姿を消した。

船の持ち主は、当時私を自社の所有する最新型の船に乗せたかったのだが、私が「新しい船はいつでも乗せて頂けます。レシプロエンジンには、もう今後乗る機会がなさそうです」と懇願してやっと望みが叶えられたのである。

航路は、晴海か竹芝から出港して、目的地は室蘭であった。私は、早々と夜七時か八時にこの船に乗り込んだ。どの貨物船にも便乗者用の部屋というものがあって、私の部屋は通信室の真向かいで、その時間には、船はまだ荷役中であった。

機関室からはひっきりなしにモールス信号のような音が聞こえていた。これは夜通しなので、いささか眠りの妨げになるほどだったと記憶している。お風呂は、後で入れてもらったのだが、海水を沸かしたもので、四角い大きな湯船は、私の胸まである深いものだった。当時の貨物船はこれが普通で、上がり湯に清水と呼ばれる真水のお湯をかけて上がるのである。

船の荷役が終わったのは、夜半過ぎだと思われる。いよいよ、船は岸壁を離れて室蘭までの航海に出るのだ。私は左舷の甲板に出て、船橋から突き出したウイングの端に立って、荷役の人々に挨拶する船長の勇姿を見上げた。船長は、制服の帽子を取って、荷役の人々に「ありがとう。ご苦労さんでした。行ってまいります」と挨拶をした。岸壁と船との間にゆらりと水が見えたのは、私の見えない角度から、タグと呼ばれる曳船が、船を引っ張っているからであった。

私はあらゆる視点から出港の光景が見たくてブリッジにかけあがった。そしてよく見ると船長は、上着と帽子だけは制服だったが、ウイングの板のおかげで、腰から下は誰にも見えないのを利用して、ズボンは縞模様のパジャマのままであった。

実は私はその時、本当に感動したのである。ああ、この人は第一線に立って働いているのだという臨場感が伝わってきたのだ。桟橋だか岸壁だかを離れると、この船は当分東京湾を走らなければならない。そこは夜といえども船の航行の多い水域である。だから当分船長は気が抜けないから、ゆっくり寝に行くこともできないのかもしれない。それを見越して船長は、荷役の間に仮眠を取ったに違いないのである。そして、小説家の立場から言えば、この程度にその世界の裏側を知ることができれば、小説を書ける範囲に入れた、と感じるのである。

ずっと後年に話を聞いたのだが、東京湾から千葉県の北部に運河を作って、短距離で外海に出て時間の短縮を図ろうとする計画は、それまでにもあったし、その後もないではなかったらしい。この、時速七、八ノットしかでないエンジンを付けた貨物船は、ノロノロと東京湾を走り続け、驚いたことに私が翌朝目を覚ました時も、まだ湾内を走っていたのである。簡単な効率主義に侵されやすい私は、今でも、房総半島の横断運河があったらどんなにいいだろうと思い続けている。

私の初航海が何月だったのか、はっきり記憶にないのだが、海が極めて穏やかだったところをみると、夏場だったのであろう。太平洋は夏と冬とでは全く違う顔を見せるのだと人はいう。夏は穏やかにレジャー向きの表情を見せる太平洋も、冬は高波が荒れ狂い、マストより高い水の壁が押し寄せるという。人間にもこの程度に性格の落差の激しい人がいるのだ。とにかく、この航海で穏やかな海は、初心者の私をかばってくれたような気がする。

金華山沖では海豚の大群が群れをなして飛び跳ねるのを見せてくれたが、私はもっぱら船の中の出来事に興味を惹かれていた。当時だって船員は腕時計くらい持っていたのだろうが、この三千トンあまりの船は、まだ時間を知らせる鐘を鳴らしていた。それは何点鐘と呼ばれるもので、その数によって時間がわかる仕組みである。まもなくこのような習慣は消えたが、それは第一に船が大きくなって、船橋の近くで鐘など鳴らしても大型船では、ほとんどどこにも聞こえなくなったからだろう。

しかし夜が明けてみると、もっと私を驚かせることがあった、煙突から出ている煙が進行方向に靡いていたのである。普通煙突の煙というものは走っている物体から出れば必ず後ろに靡くものだ。それが前方に向かって靡いていたところをみると、この船がどれほど遅いか想像できるというものであろう。

通信室の真向かいの部屋にいたおかげで、私はその夜あまりよく眠れなかった。眼には見えないけれど電波というものは、全世界の夜空を飛び交っているのだ、という実感もあった。それほど当時の通信室の音は絶えることなく喧しかったのである。一刻の休む間もなく、ツツー、ツツーというような音が連続している。その中から自分の船を呼び出す符号を聞き分けるのだから、玄人は大したものだ、と私は驚きと尊敬の念を禁じえなかった。

通信室には、丸い何の変哲もない時計が掛かっていた。その時計はしかし、十五分から十八分、四十五分から四十八分の部分だけ赤く塗られていた。当時の船はすべてそうだったのである。そして今の若い船員たちは、そのような時計の存在も、その赤の部分の意味も知らない。

それはその三分間ずつだけ、全世界を航行中の船の電波の発信が一斉に止まり、電波の沈黙時間が来る。その静寂の時に、近くで弱い遭難信号を発している無電の声を拾うためであった。

その後私は、何十年にもわたって、マスコミの世界で「弱者の声に耳を傾ける」という表現を聞いた。それは大変麗しい目的を示していたが、この船の世界の電波の沈黙時間ほど的確に「弱者の声を聞こう」としていたものはないと思う。

ついでに船の速度について述べると、今や時速七ノットだの八ノットだのという遅い貨物船はほとんど見当たらない。ごく普通の貨物船は、大体二十ノット前後の速度で走っている。二十ノットと言えば、自動車に直すと、時速約三十七キロだ。

もっとも例外はある。「初航海」から実に数十年経って、私は思いがけなく日本船舶振興会（日本財団）の会長に就任したが、財団が、マレーシアとインドネシア両政府に、マラッカ・シンガポール海峡の保全のために寄贈した浮標敷設船（ブイや無線標識などを設置したり修理したりする船）は、時速十二ノットしか出ないように設計されていた。速く走る必要がなかったからだ。

私は初航海で、船が掲げる旗（フライ旗という）の示す意味も覚え始めた。航海を終えて東京に帰ると、私はすぐに東京駅前の丸ビルに『国際信号書』を買いに行った。

第三話　阿呆のスープ

――外国旅行で、他人を当てにしてはならない

レシプロエンジンの、もう時代ものの貨物船を体験すると、私は当時ごく普通に走っていた貨物船に乗りたくなった。作家というものは、かくも図々しく、強欲なものであった。それでもまだ私は、遊びのための船客を乗せて船旅をする船には乗りたくなかったのである。そこにはあまりドラマがありそうには思えなかったからであった。

次に私が乗船を許されたのは、川崎汽船の「もんたな丸」という貨物船であった。しかしこれは決して普通の船ではなく、当時としては俊足の時速二十ノットを出して「ブルーリボン賞」を取った優秀な船だったのである。

私は夫とこの時、サンフランシスコまで便乗し、その後アメリカ大陸を半分縦断する

長い自動車旅行に出る予定であった。

船旅は二週間くらいかかったのだろうか。記録もなければ記憶もいい加減なのだが、とにかく穏やかないい船旅であった。私は船の日課になれるのに忙しくて、夫との約束を全く守らなかった。約束というのは、船で過ごす二週間の間に、『スペイン語四週間』という本で、簡単なスペイン語を独学しておくということだった。私たちはサンフランシスコからアメリカ合衆国の北のシアトルまで行き、そこで日本車の代表である「ニッサン車」を借りる。それで北アメリカ大陸を縦断して、パナマの北にあるエルサルバドル国の首都・サンサルバドルまで行く予定だった。

夫の記憶によると、サンフランシスコの埠頭に船が接岸しようとすると、ビキニやショートパンツの娘たちが溢れるほどいて、こういう国でどうしてストリップ・ショウがはやるのかわからないと思った、という。もっともこの記憶には、いささか前後不明確なところがあって、夫と私が、その土地の日本人の知人に連れられて「男のストリップ」なる、はなはだ健全なショウに連れて行ってもらったのは、当然のことながら船を下りてからである。それは確かにストリップ・ショウ（アメリカではストリップティーズという）ではあったが、出演するのは全員が男という一種のパロディー劇場で、観客はみんな笑いに行くのである。

劇場の入り口には厚い木製のドアに巨大な真鍮製のおっぱいがついていて、そこの乳首のところを押さないとドアが開かない。一九二〇年から三三年頃まで続いた禁酒法時代を思わせる造りのつもりなのであろう。

舞台の上には、初めのうちこそ、それこそ女に見紛う美形の男が出てきて、七曲くらいかけて、上からじゅんじゅんに脱いで見せるのだが、真打ちはやはり最後に出てくるデブの男性であった。どうしてもごまかしきれない太い男の声で、女のセリフや仕草をして見せながら薄物を脱いでいくのだが、時には「あそこにいるのが、俺の女房だ」なども言うから、皆見ていられないという感じで健全な笑いに包まれるのである。

そんなことはどうでもいい。

私が船中で全くスペイン語を勉強しなかったということは、それからまもなく、私たちがアリゾナ州のツーソン（Tucson）という町から陸路国境を越えてメキシコに入った時にすぐばれた。そもそもこのツーソンという町は、国境にごく近い所にあるのに、その発音だけでひどく人を困らせる土地であった。

アメリカ領のツーソンのモーテルに着いてから、私たちはすぐ近くのメキシコ領にいるはずのニッサンの知人に電話したのだが、向こうは、

「それでもうトゥクソンにお入りになっているのですね」

と言い、馴れない私たちは、

「え？　ツーソンには来ているんですが、トゥクソンというのはどこでしょうか」

というようなトンチンカンな会話が続いたのである。ツーソンがアメリカ読み、スペイン語を使うメキシコでは、それがトゥクソンになるのである。

しかし首尾よく私たちは約束の町に着いているのだということを理解し、翌日落ち合うことができた。

その夜は、エルモシーヨという町で一泊した。町のホテルの食堂で私はメニューを渡され、スペイン語はよくわからないので、夫に「野菜のスープとローストした鶏をもらうわ」と注文を頼んだ。ところが、私の前に出てきたのは、「ニンニクのスープと牛のステーキ」であった。

どちらも嫌いではないが、私は少し腹を立てた。何を食べるかと聞いたから食べたいものを頼んだのである。こんなでたらめなものが出てくるなら、私の好みなど聞くな、というものだ。

ところがこの事件は、夫が「確信犯」だったことがすぐにわかった。私があまり船中で語学の勉強をしないものだから、お仕置きに「アホのスープと、バカの焼き肉」を注文したのだという。スペイン語ではニンニクのことを「アホ」といい、牛のことは「バカ」なのである。もっとも英語で牛肉という時には「オックス・ミート」と言わずにビーフと言うように、スペイン語だって多分「ビフステック」というのだろうが、この悪意は、もう以後はメニューの通訳はしてやらないぞ、という意思表示に違いない。

外国旅行で、他人を当てにしてはならない、というのは原則だ。ツアーガイドさんがいるから大丈夫、などという人もいるが、そういう立場の人とだって、いつ何時はぐれるかわからないし、その人が重病になるかもしれない。

私は翌朝から、スペイン語の勉強を再開した。ただし急場を凌(しの)がなければならないので、さしあたりはメニューだけ読めるようにした。たっぷりのバターをつけて食べたいのに、バターをくれないと悲しい。

私は実はそれ以前に、ベルリッツという語学学校にほんの二、三ヶ月だけ通い、発音の規則だけは知っていたのが大変役立った。スペイン語は、後から二番目のシラブルにアクセントが来る。その点、英語よりスペイン語ははるかに論理的だ。

メニューに出てくる単語だけ、と限った甲斐があって、翌日半日のうちに私は食事に必要な単語だけは覚え、夫のいじめを受けずに済む戦闘態勢を作り終えた。今でも私は、メニューだけなら、かなりスペイン語が読める。人間、いじめに勝つには、このようにして戦う方法を自分で考えなければならないのだ。

私たちはそれからかなりの日時をかけて、パンアメリカン・ハイウェイを走って、エルサルバドルの首都に着いた。メキシコの南部とガテマラの間には、まだいかなる状態であろうと車の走れる道がなかったので、無蓋貨車（むがいかしゃ）に車を積んだ。途中駅で弁当を売りに来るでもなく、もちろん平らな無蓋貨車の床に車止めで止められた自分の車の座席に座っているだけだから、トイレもない。しかし結果的に私は、十時間近くかかったその旅の間にトイレの問題では全く苦労しないで済むこともわかった。

隣の貨車には、アメリカ人の二人連れの男たちが乗っていた。一人は黒い髭を生やし、私に武器を持たずに旅行するのは無茶だ、と忠告した。もう一人の男は、アメリカ合衆国を一歩でもはずれたら、安心して飲める清潔な水は一滴もない、自然に求めるとしたら、それは椰子の実の中のジュースだけだと教えてくれた。

このことで私は、途上国を旅する時は、必ず頑丈なナイフを携行しなければならないのだ、ということを教えられた。椰子の実の先端を切ってそのジュースを飲むにも、ナイフは必携である。日本の高校ではナイフはあたかも凶器のように思われて校内に持ち込み禁止だが、そんなことで、世界に生きていけるものか、と私は覚(さと)ったのである。

エルサルバドルの首都・サンサルバドルでは、初めての日本車がアメリカから入って来たというのでテレビにも出て、無事にニッサンのオフィスで借りた赤い「ダットサン」車を引き渡した。速度は出なかったがいい車であった。一度も故障しない。自動車王国日本の萌芽は、すでに見えていたのである。

第四話　エレベーター・ボーイ

——礼儀正しく語ることと、沈黙を守ること

私は子供に贅沢をさせなかったが、豊富な体験はさせたい、と思っていた。英語で「amphibious」（水陸両生の）という単語を習った時、主にそれは動物の分類に使われるものだろうとはわかったが、後で軍事的には戦車などで水に浮かぶものもあるらしい、と知った。兵員を乗せた船の役目をして浜に着き、それから陸上で文字通り戦車として走り出す。しかしこの困った単語にはもっと悪い意味もあり、「二重人格の」という形容詞でもあるのだ。

私は子供に二重人格を望んだわけではない。しかし私の好みとして、あらゆる状況で生きていける複雑な心情の人にはなってほしかった。お金があってもなくても、それ相

応に生きる術(すべ)を心得ていて、自分らしい人生を送れることが望ましい。上品な人間性と下品な心情の双方を深く理解できる人がいい。健康な時にも思い上がらず、病気になっても落ち込まないことができたら最高である。なぜなら、私もそうだが、一人の人間の中には、必ず相対する二つ以上の資質が存在するものだからである。

我が家では、子供や孫を公立の小学校に入れた。特定の人だけが入れる場所というものを、私の家族は避ける性格があり、××クラブのようなものには入ったことがない。しかし体験だけは、ぴんからきりまでさせておきたい、と私は願ったのである。

高校生くらいから後の息子と孫を、私たちは年に二、三回は高級レストランに連れて行った。形ばかり上着を着てネクタイを締めさせ、メニューを自分で読ませて、黒服のお給仕の人にわからないことは丁寧に質問させて、自分の好みを決めさせるためである。二人共「僕、このお料理食べたことがないので頂いてみます」というような言い方を素直にするようになった。

息子はまだ幼稚園くらいの時、一度だけ、香港から東京までプレジデント・ラインの客船に乗せたことがある。廊下を走ったり、お年寄りの邪魔になるような遊びを禁じて、静かにしていることができるようにするためであった。

　人間に必要なのは、人と礼儀正しく語れることと、沈黙を守って自分を失わないことの双方である。今はそのどちらの時か、素早く判別することは、他者に対する労り（いたわり）の基本だ。しかし簡単そうに見えるこんなことが、実はかなりむずかしいことなのである。

　この点では、息子より男の孫の方が、我が家では忍耐強くなった。まだ幼い時、私たちは息子夫婦と孫を暑い夏のメキシコの遺跡巡りにも連れて行ったのだが、その往復の飛行機の中で、まだ小学校にもあがっていなかった孫は、じっと座席に座ったまま、何時間でも与えられた本を読むか、簡単なゲームで遊んでいた。すると一人のアメリカ人のおじさんがやって来て、彼にジェリー・ビーンズを一握りくれた。私たちがびっくりして「サンキュウは？」と促すと、その人は、「あまり君が静かでおとなしいから、ご褒美だよ」と言って立ち去った。考えてみると、飛行機とか船とかは、子供に社会というもののルールをしつけるのに、最高の場所なのかもしれないし、こんな形で他人の子を褒めてくれた男性も素敵な人であった。

　船はやや体の不自由な高齢者にもいい場所なのである。何しろ廊下の両側に手すりはついている。長い廊下は歩行訓練になる。少し揺れれば、その中で平衡感覚も養える。階段を昇れなくてもエレベーターがある。

私はいわゆる客船に乗った体験は、生涯に三回だけなのだが、客船と貨物船の魅力は全く違う。貨物船は商業を乗せて走り、客船は人生を乗せて走っている。

幼い息子にとって初めての船旅に出発した香港では、ほんとうにおかしいことをやった。香港に着いて、夫はすぐにプレジデント・ラインの事務所に電話をしたのだが、出てきた人の言葉が全く聞き取れないから、私に代われ、と言うのである。私だって英語は少しも得意ではない。夫の方が、大学で学生に英語を教えていたのだから、ずっと学力があるはずなのだが、相手と繋がっている電話の前で、夫婦喧嘩をしているわけにはいかなかったので、とにかく私が出た。

何日の何時までに、船倉に入れる荷物は届けろ、乗船は何日の何時まで、ということをやっと聞きだした。当時は旅行代理店が、いたれりつくせりに乗船手続きを教えてくれるなどということがなかったのかもしれない。

電話を切っても、夫はまだ怒っていた。

「ひどい発音だ。あれで英語を喋っているつもりか」

おそらく向こうだって私たちの英語に対して同じようなことを言っているに違いないのだが、人間は時には喧嘩さえも楽しむものだ。だから生きていられるのだろう。当時、香港やシンガポールの人が、日本人と同じくらい独特の英語を喋るなどということも、人は知らなかったのだ。

「荷物の積み込みは、〇日までですって」

と私が言うと夫は突然、

「何か買ってこよう」

といたずら好きの中学生のような言い方をした。

「何を、買ってくるの？」

「できるだけ、安くて大きくて重くて扱いがやっかいなものがいい」

夫は根っからの買い物嫌いである。

「買うのともらうのが嫌い」で、「あげるのと捨てるのが好き」と公言している。その割に、人にあげているのを見たことはないのだが。とにかく手ぶらが好きなのである。

「何を買うの？」

と私は大体彼の本気ではない悪意が見え出したので尋ねた。船客用の荷物は、もちろん重量に制限はあるが、飛行機と違ってかなりの量は積める。

「そうだな、電信柱とか、コンクリート製のゴミ箱とかを積ませよう」

日本へ帰ってから、電信柱はどうするのか。しかし私たちは、とにかく復讐（リベンジ）用の買い物をするために町に出て行った。ケチな性分だから、高いものは買わない、と釘をさしてある。しかし電信柱は売っていないので、安くて重いものとして、私たちは中国製の櫃（ひつ）を買った。蓋に螺鈿（らでん）の細工がある。包装は、簡単なものにせよ枠掛けをして船倉に入れてもらうことにした。梱包費用も取られたはずだから、果たしてそれが報復になったのかどうか私にはわからない。

この支那櫃は、多分中国では衣服を入れるのだろうが、我が家では陶器を入れてある。ばかな報復の記念である。

海ばかりの日本までの航海は、あまりおもしろいものではなかった。幼い息子は、船の階段を昇り降りしたり、一人でエレベーター・ボーイをして遊んだりしていた。誰かが乗ってくると、「何階ですか？」と日本語や英語できくのである。それだけは英語も覚え、数字も十までくらいは知っていたから、結構客の言う通りの階のボタンを押していた。お客の方も小さな子供に行く先のボタンを押すサービス？　をしてもらうと、おもしろがって「サンキュウ」などとお礼を言ってくれる人もいる。それが楽しいのである。

しかし中には、子供がいると邪魔だと思う船客もいるだろう。子供のことなら、世間ではなんでも許されると思うのも間違いだ。だからそんなに長くエレベーター・ボーイをして遊んではいけない、と私は言った。その時子供に、

「どうして大人は、子供がエレベーターの中にいると邪魔だと思うの？」

と聞かれたら、私は、

「中にいる男の人と女の人が、二人っきりでキスをしたいと思っている時に、子供なんかにいられたら邪魔じゃないの」

と答えると思う。性教育だか情緒教育だかも、時と場所を選んだ方がいいと思っているから、人生を乗せて走っている船旅は、その点便利な教材を載せた空間なのである。

第五話　洋上大学

――死を迎える準備だけはすること

私にとってやはり非常に大きな船旅の体験になったのは、一九七九年に朝日新聞主催の洋上大学の講師として「クイーン・エリザベス2号」（「QE2」）に乗り、横浜からロサンゼルスまで行ったことである。団体で乗り込んでいる日本人グループの船客に、航海中何度か小さな教室のようなものを開いて講演をするのが目的である。

今の私だったら、決してそんな無粋な話には乗らないような気もする。船の中ではもっぱら遊ぶか、怠けるのがいいですよ、と私自身が思っているからだ。私自身、自分の話が、人さまの教養になると思った訳では決してないのだが……私はかなり利己主義だった。私は当時、朝日新聞に『神の汚れた手』という朝刊の小説を連載していたのだが、その小説を書き続けるのに、約二週間の船旅は、非常に便利だと感じたのである。

私の小説は、一人の産婦人科の医師をモデルにしたもので、取材は全部終わっていたが、資料が半端でないほど必要だった。しかし朝日新聞の資本の入った旅行会社は、「資料など、お好きなだけお持ち込みくださって結構です。飛行機と違って、重量の制限はありませんから」と言ってくれたのだから、それが何より魅力だったのである。作家はよく集中して仕事するために「缶詰になる」ことがあった。自宅から離れて、ホテルなどにこもって書くことである。そうすれば電話はかからず、来客もなく、朝から晩まで食事以外の時間は原稿を書くこともできる。その当時、「ＱＥ２」では、遊びだけでなく教養もつけられる船旅の場というものを考えていたということは、後になってわかった。

出港したのは横浜だったと記憶する。船の中では、一つの航海のうち何度か、「フォーマル・ディナー」風に、正装をして夕食に出て行かねばならない日がある。船旅とオペラでは、そうしたお洒落をするのが目的の人さえいるのだろうが、私はそんな時間も心理的な余裕もなかった。ただ、私は既に四十代の終わりになっていたので、うまくはないが着物を着られた。帯は付け帯にしてあるから、十分もあれば一応格好にはなる。和服というものは、意外と便利なもので、何枚持って行っても、畳んで運べる利点があった。

船に乗り込む時、迎えてくれた船員が私たち乗客に、「宝石等の貴重品をお持ちでしたら、船の金庫でお預かりします」と言った。一時期、世界中のホテルでも、フロントの脇の部屋に、小さな貸し金庫がずらりと並んでいた時代がある。私は装身具など持っていないから、「いいえ、必要ありません」と答えたのだが、宝石をつけなくても正装になるのが、和服の利点だということを、その時、初めてはっきり自覚したとも言える。

私に与えられた一人部屋は、船首から三部屋目くらいの場所にあった。シャワーだけの部屋だったが、私は別にお風呂に入りたいという欲求はあまりないたちだったから、それで充分だった。

最初の一日にもたくさんのすべきことがあった。第一は出航後、ほんの二、三時間のうちに行われた救命ボートで脱出する訓練だった。何号室の乗客は、何番のボートに乗る、と決められている。その通り実際にそのボートの下まで行って、船員が人数をチェックするのである。

数十年後には二回目の豪華客船に乗ったのだが、その船の避難訓練はまことにいいかげんなものだった。まあ、船はほとんどの場合沈まないものだからそれでいいのかもしれないが、昔の方がきちんとやっていた。

後年世間で「死学」或いは「死の準備教育」が必要だと言われだした時、私はよく言ったものである。

「私は若い時に、豪華客船に乗って、最初にやらされたのは、救命ボートに乗り移る一歩手前までの行動の準備をすることでした。しかし船は多くの場合沈みません。勤め先で火災訓練があっても、ちゃんと加わらずにトイレに隠れている人もいるそうです。会社のビルが火災に遭う率も、あまり多くはなさそうですから、それでかまわないかもしれません。

しかし死はそうではありません。死は誰かにとっても百パーセントやって来る、確実な運命です。ですから死を迎える準備だけはやってください」

船の事故だって「多分遭わないで済む」ものではないのだろう。だから韓国の生徒を乗せたセウォル号の事件では多くの生徒たちが脱出できなくて船と共に沈む悲惨な結果になった。

それまでの勉強で、私は海の恐ろしさ、その変貌ぶりを散々聞いていた。太平洋の波は、いつも穏やかに見えたが、冬の太平洋では、波がマストの高さまである絶壁のようになって、こちらに向かって押し寄せて来るという。もちろん「QE2」の船旅のようなものは、平穏な航海のできる時期を選んでいるから、海が荒れたという記憶はない。数万トンクラスの大きな船になると、長さも長いから、船はいくつかの波頭の上に乗っかる形になり、縦揺れ（ピッチング）をしない道理なのである。横揺れ（ローリング）に対しても、スタビライザーと呼ばれる装置がついているそうで、ほとんど感じない。私は船酔いというものを経験することにはならなかった。それでも立って歩こうとすると、少しは揺れを感じる日もある。その程度の揺れが引き起こす軽度の船酔いは、微かな眠気を催すもので、不眠症気味の私には、願わしいものだということも発見していた。

救命ボートの下に集まる避難訓練のすぐ後で私がしたことは、執筆用の場所を整えることであった。原稿用資料を自室の机の部分に置いてみると、参考書の大きな医学書もあって、あまり充分なスペースとは言えなかった。私はその日のうちに、その問題を解決した。

私の船室から百数十メートル船尾の方に歩いて行って、エレベーターで何階か上がると、かなり広大な図書室がある。そこを利用することに決めたのである。後でわかったことでもあるが、せっかくの船旅で、図書室にこもる人などほとんどいなかった。しかしその書棚を見ると、そこにはすばらしい蔵書があった。名前は知らない著者たちの記録が多かったが、それらは主に自分の体験した生涯（航海）の記録らしかった。船長もヨット乗りもいたのだろう。日本語に翻訳されることもないだろうが、それらは貴重な体験記に相違なかった。しかもその装丁は豪華なものが多くて、誰もあまり読んだ形跡がないおかげだったかもしれないが、天金の束（つか）が輝いていた。これらの記録を読んで過ごしたい、と私は本気で考えたものだった。

誰もいない図書室の一隅を占拠し、そこに資料と原稿用紙を拡げることにした。まだパソコン以前の時代だから、出先でも、原稿用紙に書くのである。翌日から、階下の決められた部屋へ講義をしに行く時も、参考書類は散らしたままで行ったが、誰もそれをいじったらしい形跡はなかった。

翌日から、船の日常的な生活が始まったわけだが、朝、船室には「船内新聞」が届けられてくる。一般的なニュースの他、催しもののご案内の中に、私は全く考えてもいないものを見つけていた。まさに「洋上大学」とでもいいたいような様々な講義や教室が開かれていたのである。

「インフレヘッジをどう防ぐか」というような経済教室もあったが、「ハリウッド裏話」「バックギャモン中級教室」「フランス刺繍と革細工教室」などというのもあったような記憶がある。

しかし私をほんとうに喜ばせたのは「ユダヤ教入門」という講義のあったことだった。当時私は、聖書の補完的な意味から、ユダヤ教の勉強を独学で始めていたのだが、船ではそんな講義も行われているのだと知って私はほんとうに喜んだのである。

第六話　一人語り

——船は、人生そのものを乗せて走る

「ＱＥ２」の船中生活の中で、重要な部分を占めていた洋上大学の講座は、それぞれの船室で行われる。前回でも述べたように、私自身も日本人グループに何回かの講義をするために乗っていたのだが、そちらについては何の記憶もない。恥ずかしいことはできるだけ早く忘れてしまおう、という性格が私の中にあるのである。

私自身が自由な受講生として出席したユダヤ教入門のクラスにも何人くらいの人がいたか全く覚えていないのは、私がかなり緊張していたからだろう。私は大学時代から、英語の学力に自信がなかったから、果たして講義がわかるだろうかと心配していたからに違いない。しかしとにかく勉強というものは、継続と積み重ね以外にないのである。

それに私自身は、革細工教室や、お金を払ってレッスンを受けられるダンスの個人教室にも出入りする気はなかった。手仕事は昔からしないことにしていたし、ダンスは年を取った今の方が習いたいと思っているくらいだ。十年前の骨折以来、一見私は普通に生活しているようには見えるのだが、ずっとうまく歩けない、という自覚があるからだ。ダンスはそのリハビリにいいのではないかと思う。しかし当時、運動神経のない私は、ダンスをうまく踊れるようになれるとも思わなかった。

ユダヤ教入門は別として、日曜日のカトリックのミサに出たことは、私にとって大きな収穫になった。

話が前後するが、こうした大きな船では、当時、船室のクラスによって食堂も違い、テーブルも決められていた。私は上から二番目の食堂で、お気の毒なことに、或るアメリカ人の「若くない中年」の夫婦と同じテーブルに座ることになってしまった。当時私は四十七歳。夫婦は五十代に見えたが、外国人の年齢はよくわからない。どのテーブルに座るかは私自身が決めたわけでもないのだから謝ることはないのだが、さぞかし二人は、夫婦だけで食事をしたかったことであろう。それとも、私という怪しげな英語を喋る東洋人と一緒になったことで、ほんの少しは旅情と感じてくれていたなら、まだ少しは救われたのだが。

私は初め、相手のことも尋ねず、自分はビジネスを兼ねて乗っている、というような言い方をしただけで、あまり個人的なことも喋っていなかった。二人は大変親切で、もし食べたいものがあれば、事前に言っておけば、調理場がたいていのものを作ってくれる、という贅沢を教えてくれた。もっとも当時の「ＱＥ２」でも、お寿司を出してくれたかどうかはわからない。生魚など、チフスの原因だと思われていた時代だったのだから。

私は普段あまり甘いものを食べないのだが、甘く煮たサクランボを使って最後にブランデーを掛けて火を付けるお菓子が好きで、それを作ってもらった。陸上ではそんな贅沢は、年に一度もしたことがなかった。

この二人の中年の夫婦は、絵に描いたような（という言い方は決して作家的ではないが）アメリカ人だった。善良で、まっとうな話が通じ、親切だった。ただ奥さんの方は痩せて弱々しげで、しばしば食堂に出て来なかった。ご主人によると、船酔いがある、ということだったが、それは言い訳のようにも聞こえた。この巨大な船はほとんど揺れらしいものを感じないのである。

しかし……と私はそこで少し作家的な心理になった。あの奥さんのひきこもり方はただごとではない。奥さんが食事に出て来なければ、ご主人は、否応なく私を相手に食事をすることになる。別にどうということもないけれど、普通のアメリカ人なら、そういう機会を作らないようにするのではないだろうか。もっとも私のアメリカに関する知識は、ほんの二ヶ月半ほど一家で暮らした小さなアイオワの大学町の生活と、そこそこの読書と、戦後の憧れを一手に引き受けたハリウッド映画の世界だけなのだから、そういう判断も早とちりというものだろう。

私の作家的な想像の中で、この夫婦はかなり悲劇的なドラマをかかえているのではないか、という可能性さえあった。妻の瘦せ方は普通ではない。額や頬の骨格が見えるように思えることもあった。歩く時も、夫の手にすがっているほどだった。もしかすると、彼女は、もう回復の希望のない癌患者で、夫婦はこれが最後の旅になることを覚悟の上で出て来たのではないか。

そんなもやもやの中で、初めての日曜日に、私はカトリックのミサでこの夫婦と会ったのだ。金曜日にはイスラム教の、土曜日にはユダヤ教の、そうして日曜日にはカトリックの、礼拝が行われるので、それぞれの「お坊様」も乗っているのである。

あまり出席者も多くなかったせいか、ミサに来ていた東洋人は、私の他ほんの数人だったので、私たちはすぐに眼を合わせ、向こうも驚いたような顔をし、私もカトリックの少ないアメリカで、二人がカトリック教徒であることにびっくりした。そしてそれがきっかけで、私たちは、お互いに私的な生活の一部を語り合うようになった。

驚いたことに、この世で最後の旅どころか、二人は新婚旅行だった！　二人はバハ・カリフォルニアと呼ばれるメキシコに近い土地の、同じ町に住んでいた。夫の方は自分の手がけている会社で数人のメキシコ人を使う必要があったし、妻の方も土地柄スペイン語を話す必要があって、二人は同じ語学教室に通っていて、そこで知り合って結婚することになったのである。二人は再婚同士で、日本風に言えば「子供持ち寄り結婚」だった。もう記憶が確かではないのだが、ご主人の方に息子二人、奥さんの方に娘二人、のような家族構成だったが、子供たちは全員がほとんど成人しているので、二人の再出発に支障はないらしかった。

ほんとうによかった。二人の老後はこれで温かく明るいものになる、と私は感動した。その話をしたすぐ後に、ご主人の方は「妻はパーキンソン病なんです。それで疲れ易くてすぐにベッドから出てこられなくなるんです」と付け加えた。

私は何も気づかないふりをしていたが、その時の感動は大きなものだった。彼は妻の病気を知って結婚したのだ。妻の老後には、自分のような立場の者の支えが必要だから、むしろ結婚した、という感じだった。決して義務感からではなく、彼は「それをするのは、自分しかいない」と思ったからだろう。

今私は、その時よりもっと切実にその思いの深さがわかる。パーキンソンは今ではずいぶんいい薬ができて、私の知人にも何年と健康体に近い状態を続けている老人が多い。しかし当時は薬もほとんどなく、病気は着実に何年かすると、行動の不便を伴うものだ、となっていた。今、私自身が膠原病に合併するシェーグレン症候群にかかっている。まだ軽い方で、すぐ死ぬこともない代わり薬で治ることもない、と言われている。だから私はどこへでも行くのだ。体中が痛む日には、家にいるより旅先にいる方が気が紛れる。

パーキンソンも恐らく家で寝ていたら治るという病気ではないだろう。そしてやがては、シェーグレン症候群と同じで、日常生活で常に誰かの助けが必要になる。だからこのご主人は現世でその役を買って出たのだ。

ほんとうに船旅は、人生そのものを乗せて走るものだ。

或る日私はデッキで本を読んでいた。しばらくすると後ろに人声がした。低い男の声である。誰か別のグループが後ろの椅子とテーブルに座って話を始めたのかと思って、無理に振り向かずにいたのだが、話にしては、その声は単調だった。

「それは一九××年のことでしたよ」

私は決心して振り返った。ほんの数メートル離れたテーブルに、たった一人でジャケットを着た老人がいたが、テーブルに相手はいなかった。老人は一人で過去を語り続けていたのである。

第七話　ハワイの休日
――死者は、無言のうちに過去を語る

「ＱＥ２」がハワイに着くと、私はそこで観光に行く普通の船客とは別に、知人を訪ねることにした。私はハワイは初めてではなかった。初めからその土地にあまり魅力を感じなかったのである。その時、再度ツアーに出ていれば、ほんとうは別の面のハワイを発見することになったのかもしれないが、私はそこでお会いする約束を頂いていた方があった。人類学者の古江忠雄氏である。

古江先生は、形質人類学者で、当時、ハワイにある米軍のＣＩＬ（中央鑑識研究所）の責任者として働いておられたのである。

一般の法医学というと、昨日今日、長くとも一、二年前に死んだと思われるような死

者の死因などを調べ、身元を判定する学問だ、と素人の私は考えている。昔松本清張氏などを中心として、私のようなまだ若い作家たちが、法医学のイロハを学ぶグループがあって、私も解剖などを見学する機会があった。すぐそこから逃げ出すようなこともなかったが、死者のお腹の中まで首を突っ込むようにして見るほどの肝っ玉はなかった。

当時はまだDNA鑑定が確立していなかった時代である。先生はスーパーインポーズと呼ばれる「頭蓋骨と生前の写真を重ねて同一人物かどうか確認する」方法を確立した方であった。これで死者の身元が初めて科学的に確認されるのである。古江先生が若い学者として、もはや口をきかない死者に替わって、その身元を割り出す仕事をしようとされたきっかけは、朝鮮戦争(一九五〇~一九五三)の時だったと記憶する。当時、朝鮮半島からは、死体袋に入れられた米軍の遺体が、毎日北九州にある米軍の施設に運び込まれていた。そうした遺体に、きちんと名前を与え、生きて帰れなかった祖国に、尊敬と威厳をもって送り還す。いくら高額の報酬を出しても、普通の労務者にできることではない。それは若い古江先生のような専門家にして初めてできる仕事だった。

CILは、世界中で発生する米軍人や軍関係者の病死でない遺体の識別をする機関である。ホノルルの港の中の四十番埠頭というところにあると聞いていたので、タクシーでそこに行きますから、と先生には予告して、「QE2」を下りた。

研究所と言っても、それは戦後、日本人が初めて見ることになった軍用のカマボコ兵舎だった。私は聖心女子大学という私立大学で教育を受けたのだが、昭和二十年代の後半に発足した女子大でも、物資不足の戦後を反映して、まだ校舎の一部は、米軍から譲り受けたカマボコ兵舎を使っていた。英語では、「クオンセット・ハット」と言うのだと知ったのも、そのおかげである。

その日は日曜日だったのか、研究所の中には人影がなかった。兵舎は大きく言うと端にやや狭い部分が仕切られており、そこが古江先生の事務室だった。中央の広い部分がいわゆる遺体鑑識を行う空間で、残りが、事務所兼米軍側の資料を扱う事務所だった。そこには先生といえども外国人は立ち入れなかった。米軍関係者の死は、誰よりも真っ先に遺族に知らされるというルールを守るためでもあったらしい。

広い作業所には、白布を掛けた一体の白い骨が台の上に並べられていた。その翌日、ハワイでは「全米葬儀屋大会」が開かれる。そこに出席する葬儀屋さんのために特別講義をするので、勉強のために置いてあるのだ、ということだった。それはまだ名前がわからないお骨だった。どこから持って来られた骨か、そういう個人的なことを先生は全く言われない。ただお骨の骨端には、小さな割れ目があるところを見ると、まだ十七歳か十八歳くらいの青年のものだ、と先生は言われた。

お骨は専門家には無言のうちに自分の過去の人生を語る。それを聞き取って、本来その人に在った名前をつけて返すのが、検視官の役目だと先生はおっしゃった。名前のわからない人のことはアメリカではジョン・スミスという習慣であるようだが、その仮の名ではなく、親が愛を込めて呼んできたその当人の名前を見つけて帰宅させるのである。その話をなさる間、先生は台の上の遺骨を撫で摩(さす)るようにしながら、私に説明をするのである。

死者は死んだからというだけで忌み嫌われるものではなく、その人たちが生きていた時と同じように愛されるべきものであると、私が実感を持って悟ったのは、翌日再度そこを訪れて、「全米葬儀屋大会」の参加者が連れていた七、八歳の女の子が、台の上の遺骨に触れながら父親に説明を求め、その指をそのまましゃぶっているのを見た時であった。

　先生はその時私に、一九七六年十二月二十五日、エジプト航空ボーイング七〇七－三六六機がタイのドンムアン空港付近で墜落した時、乗っていた多数の米軍人の遺体の識別をしに、バンコックに派遣された話をされた。その事故機の中には、複数の日本人の犠牲者も入っていたので、ＣＩＬは古江先生に、「君は日本人だから同胞のことも気になるだろう。ついでに鑑別をしてあげなさい」と言ってくれ、先生は犠牲者の歯形を日本から取り寄せてその作業もなさったという。私は何気なく聞いていたが、後年、看護師になられたお嬢さんは、「作業は、腐敗した遺体も混じった泥沼のようなところで行われたので、父はいつか自分は必ず肝炎になり、その結果として肝癌で死ぬだろう、と言っていました」と言われた。そして先生はその通り人生の責務に斃れられた一九八八年の、臨終のほんの数週間前までこのＣＩＬに普通通り出勤して鑑識の仕事をされ、最後にはお好きなベートーベンの「田園交響曲」を聴きながら、ご家族に囲まれて穏やかに息を引き取られた、という。

　私のハワイ滞在はそのように、少しも甘くなく、厳しい現実を教えてもらうものだったが、私はそうした遊びではない滞在を、非常に豊かなありがたいものだと思う性格だった。単なる観光なら誰にでもできるのだから、できれば人生そのものに触れる機会が、私には貴重だったのである。

実はこの豪華客船の中で、私は人が死んだらどうするのだろう、と密かに思っていたのである。私は毎日船内新聞を丁寧に読んでいた。二〇一四年に再び「クリスタル・セレニティ号」の船旅をした時には、船内新聞は、日本語のものが配られていた。しかし当時は英語だけで、それは株の売買をやっている人と、野球の結果を知りたい人のためにあるのかな、という印象だったが、私はハワイまでの間に、少なくとも一人の死者が出ていたことを知っていた。誰それさんが亡くなったという訃報が船内新聞に出るのである。

おそらく船にはそうした死者専用冷蔵庫があり、次の地点で遺族に引き渡されるのだろう、とは想像していたので、ハワイに着くと、私の船室のある側が接岸していたのを幸い、何度も窓から首を出して、どういう車がそれを引き取りに来るのか見ていたのだが、全く何の気配もなかった。ハワイの岸壁は、人気(ひとけ)もなく、静かだった。

船はあらゆる人生の出来事を乗せて走る。それに対応してくれる設備と態勢を整えてもらっているということがつまり贅沢なのだ。私は病気にかからなかったので、「病室」にも立ち寄らなかったが、ちょっとした応急処置をしてくれる医師も看護師もいるのだから、それで高齢者も乗れるのである。

アメリカの東海岸に着くと、私は資料の本をまとめて下船し、すぐに日本にとって返した。私はまだ当時、高齢の実母と夫の両親と同居していたので、二週間も家を留守にすることに、軽い罪悪感を抱いていたのである。

しかし帰って間もなく、私は或る夜、夢を見た。私は再び「QE2」に乗り込むところだった。私はタラップを上がったところで、船の制服の士官たちに出迎えられた。

「ご遺言書をお預かりします」

とその中の一人が言った。必要なら宝石類を預かる、ということは確かに乗船時に聞いた。しかし遺言書を出せとは……と私はむっとした。すると夢の中の相手は再びにこやかに言った。

「本船では、ご高齢の方からは、遺言書をお預かりする規則になっています」

第八話　青年たちは海へ出る

――「魂の自由」への旅

勤勉な日本人は、ただ遊びでクルーズを楽しむのではなく、その間も勉強をしようというのか、私は「ＱＥ２」以外にも、講師として船に乗ることを引き受けた。地方から東京へ働きに来ている若者たちの心の故郷になっていたのが、秋田県出身の加藤日出男さんが主宰する「若い根っこの会」であり、その組織が若者たちに、できるだけ安く外国を見せようとしていたのである。

今とは全く事情が違う時代の話だ。岩手や青森から出てきていたのは中学や高校を卒業した若者たちである。当時それは、一種の悲壮な気分さえ持って一大決心をして東京に出てくることだったのだ。何しろ新幹線がないのだから、故郷の村から列車に乗って東京まで、ゆうに十時間以上はかかった。リクライニング・シートなどもない固い座席に座ったまま、夜行列車で東京に着くと、遠い遠い土地に来た実感もあった。

当時、東北から来る列車の終着駅は上野と決まっていた。初めて見る東京、という子もいただろう。町は電車と人でごった返し、言葉はＮＨＫでは聞いていたが、なじみのない発音だ。上野が、新しい時代への希望と、故郷を失った寂しさの終着点だった時代の思いが、私などの世代にはよくわかる。

しかしそれは確かに希望に満ちた時代でもあった。若者には無限の未来が開けているということを実感できた環境でもあったのである。戦後の日本は敗戦によって、町々は焼かれ、既成概念は根底から壊され、その焼土の中からいかなる新しい社会も構築できそうな夢が誰にでも与えられていたのである。

私の育った家は、伯父が中企業の社長だったので、主に関西から始終職工志願の若者を引き受けていた。母が彼らの食事を作っていた時代もある、という。田舎から出てきた子は、肉など食べ馴れていない。野菜と豆腐。時々は魚、それも塩鮭など、決まりきったおかずしか食べない子が多い。ところがそうした若者でも、或る日ライスカレーがおいしいと言うようになる。すると母はほっとしたのだという。ライスカレーが東京に順応したかどうかのバロメーターだったらしい。

加藤日出男さんには私も若い時にお会いしたが、氏の準備していた職場以外の「溜まり場」は、郷里かそれに近い土地の言葉で話し、いつ行っても、ご飯を食べられる家であったらしい。田舎風の御馳走もいいが、気楽に郷里の言葉で話せる空気が、青年たちの最大の慰めであったろう。

最初のお盆休みに帰る時、彼らは上野駅の近くのショッピング・センターでみやげの菓子を買う。雷おこしか、人形焼きか、せんべいか、そんなものである。そして故郷に錦を飾る。田舎に行けば、東京も捨てたもんではないところだ、ということになっていただろう。事実、東京に出てきた地方青年は、ほとんど故郷に戻らない。食べ物も、空気も、景色も、幼友達がいるということも、何もかも田舎の方がいいのだが、東京には自由がある。

亡くなった上坂冬子さんは、東京に生まれて、名古屋の近くの豊田で育ったが、或る時私に「東京の地価が高いのは、『魂の自由代』が含まれているからだ」と言った。これは今もって名言である。東京は他人に対してお節介をしない。法に触れない範囲なら、何をしても放置してくれる。その代わりすべてのことの結果は当人の責任だ。

出稼ぎの若者たちの第一段階は、もちろん東京に馴れるということだったろう。しかし私は一九八八年の五月に、「若い根っこの会」主宰の洋上大学の講師として船に乗ったのだ。船の名前も覚えていないのだが、それに乗って恐らく初めての外国を体験する地方出身青年に対して話をするためであった。東京に馴れるのが、第一段階とすれば、「洋上大学」という名目で初めて外国の地に触れることは、第二段階への飛躍だったろう。目的地は、グアム、サイパンだったと思うから長い旅ではない。私は目的地に着くと、すぐその足で飛行機に乗って帰ってきてしまった。初め私は彼らがあまり触れることもないだろうと思われるキリスト教の初歩的な知識などを話そうと思っていた。私自身はクリスチャンだが、私は決して望まない人に布教しようとは思わない。ただユダヤ教、キリスト教、イスラム教の三つの一神教は、それを知らないと、美術も文学もわからなくて不便をする。いやそれよりも世界の政治的背景がわからないだろう。

私はそんな風に考えていたのだが、出航する前に若者たちと雑談しているうちに、少し気を変えた。彼らはあまりにも海のことを知らなかったのである。

彼らの中のかなりの数は、海上では右側交通であることも知らなかった。船は左右の舷側に赤と緑の灯火をつけているが、全世界を通じて、左舷に赤、右舷に緑、と決まっている。そんな規則も聞いたことがない。しかしこれは別に地方からの出稼ぎ青年だからではなく、日本人の若者の多くが、ヨットでもやらない限り知らないことであるらしい。

これは大変だ、と私は思った。彼ら若者たちは、健康で体もいいから、いつボートを漕ぐ羽目になるかもしれない。その時、私たち日本人が馴れているように、左側交通をすれば、船はすぐにぶつかる。

船は一体、どちらに相手を避ける義務があるのか。自動車を運転する場合、私たちは同じ幅の道の交差点で出合った二台の車は、「右方のものが左方のものに道を譲らねばならない」ということを習う。海上では「他船を右舷に見る船」に回避義務があるというごく初歩的な規則も、日本人は聞いたこともないらしいのである。

私は外国の海洋映画が好きだが、イギリスの映画では、夜間航行する大型船の船橋は、真っ暗に映っている。船橋は、船の航行を指令する最上階の部屋で、そこには当直士官がいて、舵輪を持つ操舵手や、船底に近いところにある機関部に、速度などの命令をする。レーダーはもちろん、海図を広げてある独特のテーブルがある空間に接続している。レーダーはあるけれど、人間の眼は何より大切だ。ことに日没や払暁のように光が安定しない時間に、行く手の海面に、小船や危険な漂流物がないかどうかを判断することは難しい。それらは体験で発見し、判断するのである。それで午前四時から八時、夕方四時から八時の四時間は、刻々と光が変化するむずかしい時間帯なので、一番経験の長い一等航海士の当直時間となっている。海は、一当直が四時間ずつ、日に二回巡って来るような勤務の制度だ。

作家の阿川弘之氏は、戦争当時海軍大尉だった。後年、阿川氏のところに私の夫が電話をかけると、奥様が時々「今まだ寝ています」とおっしゃることがあった。すると私の夫は「ああ、そうでした。まだ海軍やってるんですな」と言ったものである。阿川氏が戦後もずっと当直士官風に二度寝の習慣をお持ちだったのかどうか私は知らないけれど、そうだとしても頷けることである。

暗い前方の海を見なければならないから、船橋の中はほとんど真っ暗だ。必要な場所に小さな明かりがあるだけである。船橋の真下にある船室は前方に開いた窓にも、厳重に遮光カーテンをかけている。こういうことは、イギリス人には常識なのかもしれない。しかし日本人は何も知らないから、映画でもあかあかと電灯を灯した船橋の中でドラマが展開する。イギリス人から見たら「嘘をつけ」か「でたらめをするな」かになるだろう。

「若い根っこの会」の素直な青年たちを見ると、私は文学の話や、聖書というものの内容などを語る前に、こうした海事知識の基本を教えたくなった。もっとも私が教えていいかどうかには深く迷った。もっと専門の人が教えてあげた方がいいに決まっていたが、それを言っているとチャンスを失うかもしれない。

それで私は最初の一、二回の講義を「船の基本知識と礼儀」に当てた覚えがある。

第九話　陸影を見ず

——無寄港航海の針路

一九九〇年代の終わり頃になって、私はやっと長年温めていた次の小説を文藝春秋から発行されていた「文學界」という文芸誌に連載することになった。それは再処理済の核燃料プルトニウムをフランスのシェルブールから日本まで輸送した「あかつき丸」という船の、約六十日間の、無寄港航海をテーマにしたものだった。

私は、当時の日本に、再処理済のプルトニウムを持ち込むことが政策的に正しかったかどうかなどということに触れる気はなかった。それは小説家に課せられた義務ではないし、少なくとも、私は自然科学系の学問に弱いから、判断できる立場にない。

ただこの航海は、海を敬う者にとっては、かなりの問題を抱えたものであった。無寄港ということは、途中で燃料を補給できない、ということである。それは当時の世相を反映して、通過各国がこの特殊な船が自国の領海に立ち入ることも、寄港して燃料や物資の補給をすることも認めなかったからである。

昔から私は、世間から褒められず、拒否される立場にいる人や仕事を書きたい、という思いが強かった。つまり世間には、あたかも正義の裁きのような顔をした苛めというものもあることを知っていたから、私はそれを拾いあげるのが自分の仕事のような気がしていたのである。しかし取材を始めた当初は、私もまた立派な素人だったから、「無寄港」の大変さを少しもわかっていなかった。

「つまり自動車で言うと、途中でガソリンの補給場所がないということです」

と解説者は言った。それは大変だ、と私は思った。私は五十二歳の時に、サハラ砂漠を（ラリーではなく）縦断したが、その時の最大の危険は、途中一四八〇キロ、全く無人の砂漠を縦断する間、どうしたら自分が使うだけの燃料を持って動けるかということだった。

「それでは経済速度でお走りになったんですね」

と私は乏しい自分の経験をできるだけ役立てようとして言った。

「それはそうです」

「では途中で、毎日甲板から釣り糸を垂れて、お刺身を釣りながらいらっしゃれましたね」

　半分冗談、半分本気の質問である。

「それはむりですね。刺身を釣ろうと思ったら、時速七ノットか、それ以下に落とさなきゃ無理でしょうから」

　ガソリンや石油を使って動かすすべてのエンジンに、経済速度と呼ばれるものがあることを骨身に染みて私が知ったのも、サハラ砂漠であった。ラリーなら途中の宿泊予定地に、翌日分のガソリンも置いてあるのだろうが、私たちにはそのような支援はないから、自分の車の中に特設した二百リッター入りのガソリンタンクや、軍用携行缶を容器として屋根に載せることだけで乗り切る他はない。理論的にはそれで可能だと思われたから私たちは計画に踏み切ったわけだが、やはり砂漠の遭難のもっとも致命的な理由は燃料切れだから、私たちは厳重に経済速度を守って走ることにした。サハラでは、私のような経験のないドライバーでも、出そうと思えば、時速百五十キロでも簡単に出せるのである。それを百キロに抑えて走った。

核燃料輸送という重大な任務のために、日本政府は一隻の船を買い入れた。イギリス船籍の「オーシャン・レインボー」という船で、もともとはフランスの核燃料公社（コジェマ）が核燃料輸送用に使っていたものと聞いている。しかし途中で予期せぬ攻撃や妨害を受けるかもしれないという想定の元に、船倉その他船の構造をさらに補強した。乗組員も、輸入元の会社の輸送班七人とこの船の通常の船員二十六人の他に、イギリス船時代からこの船を扱っていた船長以下六人と、日本の海上保安庁から武装職員十三人が乗り込んでいたが、船の後方からは海上保安庁の最新型の巡視船「しきしま」が護衛に当たった。再処理済みのプルトニウムは、水に浸かると猛烈な活性を示すことが懸念されたので、反対の気運も強かったのだし、日本政府の立場から言っても、絶対に途中で事故を起こされては困るのであった。

この船の改装はイギリスで行われ、フランスのシェルブールから日本に向けて長い航海に就いた。当然スエズ運河を通ることは拒否される。船はアフリカの西海岸を南下し、南アの喜望峰の沖をかすめるという遠回りをする。アジアに入ってからもマラッカ・シンガポール海峡のような交通量の多い狭い海域は通らない。スマトラ、ジャワなどの南を迂回する。

私は取材に入ってからも、まだこうした現実をはっきり見極められなくて、「一切寄港はなさらないと言っても、喜望峰はどんな風に見えました?」などと質問していた。相手はあきれたように、

「曾野さん、つまりどの国の領海にも立ち入らないわけですから、陸地は何も見えないんです」

私は自分の理解の遅さを恥じたが、実はその瞬間、長編の題も決まったと感じていた。『陸影を見ず』である。

こうした航海の取材をする時、もっとも頼りになるのは、船長がつけているログブックと言われる航海日誌であった。当時の船長が健在なら、普通その日誌を見ながら、思い出話をしてもらうことで、取材はなめらかに進むはずであった。しかしその時ばかりはそうはいかなかった。船長はすぐに見つかったが、その人は取材を婉曲に拒否し、

「航海日誌は、命令で焼却しました」という始末である。多分これは私を追っ払うための口実だと思われたが、私は嫌がる人を、自分の仕事のために執拗に追いかける趣味はなかった。それならそれで、別のルートを探す他はない。もしその小説が書かれた方がいいものなら、別の道が開けるだろう。しかしもし書かれない方がいいというものなら、私はその運命にしたがう他はない、と私は肝心のところになると少しばかり「神がかり」になる癖はあった。

しかしその時は私に運が開けた。船に乗り込んでいた別の職責の人で、昼間は一時間単位で簡単な日誌をつけている人がいたのである。その人が手描きの日誌をもとに、私に体験を話してくれ、初めて私は無寄港航海なるものがどんなものかを、やや理解したのである。

途中果たしてこの船は執拗な「グリーンピース」の追っかけと妨害に遭った。そしてその手の妨害を避けるために、私がもっとも驚いたのは、普通の船なら通らない針路も取っていたことだ。

「あかつき丸」と巡視船「しきしま」は、日本に近づくにつれて針路をほとんど真北に変えたが、北上するコースはカロリン諸島を左舷に、マーシャル諸島を右舷に見るものであった。もちろんこれらの島を目視することはできなかったが、このコースは他船の交通量が著しく少ない。それはこの海域が海底火山地帯なので、いつ噴火があるかしれない、と船乗りたちは恐れているからである。しかし他船との接触を避けるために、この二船は、敢えてそのコースを辿ったのである。

取材中の私は「しきしま」を見学することも許されなかった。私はその船の姿を横浜のホテルから、遠くに眺めるだけだったが、後年、私自身が日本財団に勤めるようになってから、初めて「しきしま」を訪問する機会を得た。

インドのチェンナイで海事関係の国際会議を日本財団が主催したのである。私は初めて「しきしま」の船橋に立った。その天井に近いところには、乗組員が手描きで書いたと思われる記録があった。「しきしま」が過去に赤道を超えた日時である。「しきしま」は他船と違って、何度も赤道を超える長い航海に出ていたが、私はその一つに眼を止めて言った。「これは核燃料輸送の護衛をなさった時ですよ」と私は傍にいた一人に教えたが、若い職員はその意味に深く興味を持つことはないようだった。

第十話　マラッカ・シンガポール海峡は生命線

——海賊対策は必須事項

私が日本財団に勤めたのは、一九九五年から約九年半だが、その間に財団の役目上、自然にたくさんの海上交通に関する仕事に触れられたのは、私にとって大きな幸運であった。自分で望んでそのような仕事に就いたのではなかったが、私はそれを神が私に与えてくれた教育の期間だったのか、と思っている。

私が着任してまもなく、私の家のファクシミリには、ロイドの海難報告が始終入るようになった。私ははるか昔から、そうしたものを読みたいと思っていたのだが、一作家の道楽としか思われないようなことも、しにくいままにいたのである。

もちろん私は忙しさを理由に、毎日丁寧に報告書に眼を通していたわけではない。しかし今でも毎日のように海の上では、さまざまな事件が起きていることを、改めて知った。

子供の頃から読んでいたその手の海上の冒険談の中で、未だに覚えていたのは、海上に漂っている大きな貨物船のことであった。どうみてもそれは無人船としか見えない。乗り込んで行って調べてみると、乗組員の姿はなく、食堂には食べかけの目玉焼きを乗せた朝食のお皿が、そのまま放置されている。しかし乗組員は一人もいず、しかし船内には、喧嘩や外から襲撃を受けたような痕跡もない。死体も血痕もない。ただ乗組員が全員消えていて、船は漂流しているのだ。

ロイドの報告書は、さまざまな項目に分かれていたと記憶する。沈没、衝突、漂流、火災、反乱、船体放棄、伝染病の発生、などという項目と共に、海賊という分類も確かにあったのである。

しかし私は、今どき海賊がいるのか、と改めてびっくりしたのだ。私が知っている海賊の話は唯一ロバート・ルイス・スティーブンソンの『宝島』だけで、そこに出て来る海賊たちは、終始ラム酒を浴びるほど飲み、「十と五人で棺桶島によ〜流れ着いたがラム酒は一瓶よ〜。ヨーホのホノホイ」と歌うのだと記憶しているだけである。『宝島』はスティーブンソンの一八八三年の作だから、私の海賊の知識は古典そのもの、というより純粋の物語の世界であった。

その時は何も知らなかったのだが、或るきっかけから私は海賊問題に関わることになった。或る日私のところに知人の船会社の会長から電話がかかってきた。夫の昔からの同級生だったのだが、その日は、私に用事があるのだという。

出て見ると、その方の知人の会社の持ち船が、インドネシアを出港してまもなく、マラッカ海峡で突然消えてしまった。それを何とかして探し出せないか、というのが電話の趣旨であった。

いなくなった「テンユー号」という船は、日本人の船主、パナマ船籍で、乗組員は全員が外国人であったが、インドネシアのスマトラ島にあるクアラタンジュン港で、時価三億五千万円相当のアルミのインゴット約三千トンを積んでマラッカ海峡に出るとまもなく、行方がわからなくなったのである。

私はこの仕事に就いて四年目だった。その日日本財団に出社したら「海洋船舶部」に

「どうしたらいいか、早速しらべてもらいます」と返事をして電話を切った。

偶然だが、私はクアラタンジュンに何度か行ったことがあった。比較的近い土地にあるトバ湖の水力を利用して、クアラタンジュンにはアサハンという会社のアルミニウム精錬工場ができており、港はそこでできるアルミのインゴットを積み出すためだという背後関係も、知っていた。「アルミニウムというものは、電力の塊のような素材なんですよ」と当時技術者たちは、素人の私にそういう表現で説明してくれたものである。

この船の行き先は韓国、荷主はインドネシアの会社だったから、日本としては、この事件を一切関知していない。日本の海上保安庁も、運輸省（現国土交通省）も全く関わっていなかった。しかし当時からすでに日本財団のシンガポール事務所などの常識では、海賊行為はいつどこで発生しても不思議はない状態だったのだ。

「テンユー号」事件は、日本財団が国際商業会議所の国際海事局（ＩＭＢ）の海賊情報センターに調査を依頼し、同じ年の十二月に、張家港（チャンジャーガン）という揚子江に面した港で、中国の港湾管理局によって発見された。

「どうしてわかったんです？」

と私は関係者の労を労う（ねぎらう）と同時に興味津々だった。船名はもちろん、船体はすべて塗り替えられ、艤装（ぎそう）も変えられていたが、中国入りしたＩＭＢの職員がエンジンの製造ナンバーから「テンユー号」を割り出したという。中国では、今でも何万人もの子供がさらわれるというから、人さらいだけでなく、船さらいも当然なのかもしれない。アルミのインゴットはすべてミャンマーで売り払われていた。盗品だとわかっていても、買う相手がいつでもいるのだろう。

私は船が返されるまでにかかった費用のうちわけにも興味を持っていた。船主は初め調査費だ、船の係留費だと言って、中国側に一億一千万円も要求されていたという。「何しろこういうものには、相場がありませんからね」と関係者の一人が言った言葉を、私は書き留めている。結局、長い間かけて値引き交渉をし、二千万円で引き取ったという。しかし気の毒な船主は、その後、錆びついていた船体の復旧にお金も時間もかけなければならなかった。海賊対策は、日本の自衛手段としても、新しい目前の必須事項となっていたのである。

私はそんな昨日今日の事件に振り回されていたが、実は日本財団はずっと古くから、この問題に手をつけていた。北側をマレー半島とシンガポール島、南側をスマトラなどのインドネシア領の島々に囲まれた海峡を、マラッカ・シンガポール海峡といい、その道の人たちはマ・シ海峡と呼んでいる。

この海峡が特に注目されるのは、この狭くて浅い海で、しかも全長一〇〇〇キロメートルにも及ぶ隘路（あいろ）を、世界の石油供給量の約三分の一、世界貿易量の約半分が通過するということだった。日本だけからみると、日本の輸入原油の約八割がここを通過するのが当時の現状だった。そこへ近年ではＬＮＧ（液化天然ガス）や化学薬品などの危険物輸送も加わっている。つまりマ・シ海峡は、世界でも比類のない輻輳（ふくそう）海域だと言われていたのである。

石油輸入がなければ、日本経済の根幹がゆらぐのだが、実にその八割がマ・シ海峡を通るのである。

それまで自然は、公的空間というものは、利用できる者が使えばいい、という考え方が一般的であった。しかし私の前に、日本財団の基礎を築かれた笹川良一初代会長は、そのような利己的な独善性を認めない方だった。

もし狭い村の道を、一日に数十台もの大型ダンプが走り抜けるとしたら、沿道の農家は家も揺れ、埃も盛大に浴び、犬も吼えて、子供も前の道で遊べなくなる。そんなご迷惑をかけっぱなしにしていいということではない。

もしマ・シ海峡の交通が不可能になり、日本の油送船などが、ロンボク海峡（バリ島とロンボク島の間の海峡）を迂回しなければならないようになると、一隻あたりの輸送費は三千万円は高くなる。

マ・シ海峡の沿岸三カ国との間には、そこを利用するだけではなく、「つながり」や「信頼」が要る、と前会長は考えた。社会的責任は、常にマ・シ海峡利用国と利用者が、航行安全と環境保護を負担して考えねばならない。

その見方から、日本財団は一九六九年からマ・シ海峡の保全作業を始めていたのである。水路測量、沈船除去、灯台や浮標の整備などであった。前回の東京オリンピックから僅か五年しか経っていない時期に、日本の一財団はこうした視野に立って活動を始めていたのである。当時何も知らなかった私も、やがて暑い海で働く人たちの苦労を知ることになった。

第十一話　東南アジアに浸る

――現世における存在の意味を考える

ここでいささか船の話を離れた私事になるが、私たち夫婦が一九九〇年に、シンガポールに古いマンションを買うことにした経緯について触れたい。それは私の長年の念願の、東南アジアについて、深く知りたいという物好きな素人の、心の漂流とも関係があるのだから。

何事にも長い歴史がある。私は、二十代の前半に、初めての外国旅行として、パキスタン、インド、タイ、シンガポールに行った。そして南方の土地に一歩足を踏み入れた瞬間から、暑い土地が好きになった。

これは理由なく、一人の人間の生理の問題であろう。私は九月生まれだから、「やっぱり暑い土地が体に合ってるんだわ」と言う人もいるし、私が中年時代にずっとひどい低血圧だったと聞くと、「そのせいで、寒がりなのよ」と言う人もいた。

理由はないけれど、その通りなのである。私の昔の同級生たちは、夏になると、揃って軽井沢に行く。私の父も、昔、二百坪ほどの土地を買って持っていた。だから私たちは少なくとも土地代は心配せずに別荘を建てられたのだが、私は夏でも寒いという評判の土地には全く行く気がしなかったのである。それでまもなくその土地を、隣の旅館が、客の浴衣干場に譲ってほしいと言ってきたのを幸い、さっさと売ってしまった。

しかし私は、南方には深く憧れた。一つにはその暑さ、土地の独特の香辛料の匂い、乱雑であるが故の気楽さと底知れなさ、そして敢えて言えば、私の大好きなイギリス人の作家、サマセット・モームの作品の舞台の空気を今なお匂わせていたからであった。

モームはイギリス人だが、一八七四年にパリで生まれ、医師でもあったが、作家になろうと決意したのは十九歳の時だという。それ以来、彼の行動の軌跡を見ると、明らかに南方志向である。ハワイ、サモア、マレー半島、ジャワ島から、ゴーギャンが最後に住んでいたというマルケサス諸島にまで及ぶ。現実に大豪邸を購入して住んだのは、南仏コート・ダジュールのフェラ岬というところだったという。この土地もヨーロッパ人が冬の季節を避けて住む土地である。

一般的に言うと、寒い土地の方が、人間は思索的になるような気がするが、私に言わせるとそうでもない。暑い土地、その辺の空き地に生えているバナナとパパイヤでも食べていれば、直接的な飢餓にだけは苦しまなくて済む、というような土地に、基礎的な教育を受けた人間が住むと、そこで初めて人間は、現世における存在の意味は何だったかと考えるようになるような気がする。それは「生」が一応保証されているから、次の段階を考えるようになるということだ。もっとも、生を保証されると、それ以上には飛躍せず、永遠にその地点にうずくまる人間も決して少なくはないし、それが一概に不幸とも言えない。いやむしろ、それどころか楽な生き方だとさえ言える。モームの作品には、しばしばそのような視点さえ感じられる。

私はモームの世界を求めてシンガポールに少しばかり軸足を移そうとしたのだ。夫は、ものを買うことも殖やすことも好きでないので、バブルの時代にどんなに人から不動産や他のお金になる金融商品などを勧められても、全く買わなかった人なのだが、私たちの知人が自分で建てたというその古いマンションの一室が売りに出た時には、少し心が動いたらしかった。

シンガポールでも最近のマンションは、やはり少しちまちまと間取りを区切る傾向がある。しかし当時既に築後十七年も経っていたというそのマンションは、昔風にだだっぴろくて、どこかに植民地時代の建物の匂いさえ残しているようでさえあった。八十坪はある面積は、寝室が三つ、マージャンだかトランプだかをするための部屋も一つある。私たちはここを書斎にした。寝室には各室にトイレとシャワーがあり、他に来客用のトイレが一つ別にあった。

当時の（今も同じかもしれないが）メイドさん用の部屋だけは、冷房がなかったが、私たちはそれも改造して、簡単な一人用の客室にした。

私たちはこのマンションで、一年のうちの一ヶ月半から、二ヶ月を過ごした。それが自由業のよさである。シンガポールは商業国家であった。手っとり早く言えば、国家全体が生産は考えず、手数料商人として生きている。だから通信網の整備されていることは驚くばかりで、電話が通じなかったなどということは記憶にない。そして電話とパソコンとファックスさえあれば、私たちは全く日本にいるのと同じように仕事ができたのである。

シンガポールには、当時農家が五軒しかないと言われていた。すべてを（水までマレーシアからの）輸入に頼っているから、自動車などの特殊なものを除いては、関税というものがない。私たちは何度も、シンガポール空港を通ったが、荷物の検査をされたことはなかった。シンガポール人たちは、南北半球のどちらからでも、その季節に一番安くていいものを買って、潤沢に暮らしている。もっとも市内の店で買い物をすると、何パーセントか今は忘れたが、消費税は掛かっていた。

中国料理のおいしさは、日本の比ではなかった。北京、広東、福建、潮州、四川、などの土地によって味に特徴があり、その他にベトナム、タイ、マレー、インドネシア、北インドなどの料理屋もあった。

町にも特徴があった。インドからの出稼ぎの男たちは「リトル・インディア」と呼ばれているインド人の多い町に住んでヒンドゥ教徒も安心して食べられる牛肉抜きの食事を食べ、マレー人やインドネシア人は「ゲイラン・スレイ」という名のイスラム教徒の集まる町へよく買い物に行っていた。イスラムの女性たちは裾まである長い服にスカーフを着用するが、そこにいけばそうした服装をいくらでも安く買うことができる。そして私はこの裾の長い服がすっかり好きになり、年に何度かは、この町に買い物に行くようになった。

ただしこの服は、私の場合、家の中だけの衣服だった。この長着は、土地では「ヒージャブ」と言っていたが、ヒージャブはイスラム風の服装全体のことを指す言葉だ。私が五千円もしない値段で買っていたのは、イラン、サウジアラビアや他の湾岸諸国では「アバヤ」と呼ぶものであるらしい。アバヤは、外出の時、着ていた服の上にコートのようにはおって出かけるものであるらしい。私のように家の中でベールもなしに仕事着として着るのが楽だ、などということは、間違っても人には言えない。

私はこの服が結構似合ったのだが、これを着て外出することは決してしなかった。外で食事をすると言えば、私は中国系のレストランに行くことが多かったから、当然豚肉の料理を食べることになる。豚肉そのものを食べなくても、まな板と包丁が豚を調理したものであれば、イスラム教徒たちはその店の料理を食べないから、中国料理屋には、彼らは決して行かない。スカーフもなしにイスラム教徒用の長着を着て、しかも中国料理屋で酢豚を食べたら、多分多くの客たちは奇異の眼で見る。

しかしその頃の記憶で、今でも一つ嬉しいことがある。ある時、私は幼い孫を連れて、朝早くまだ六時にもならない暗いうちに、空港行きのタクシーに乗らなければならないことがあった。マンションの下の駐車場にはまだ人気もなかったが、タクシーを待っていると、当時六歳くらいだった孫が、「お祖母ちゃん、誰かインドネシア人がいるよ」と私に囁(ささや)くのである。「誰もいないじゃないの」と私が答えると「いるよ、だってガラムの匂いがするもの」と六歳の子が言う。インドネシアで売っている独特の香りのする紙巻きタバコである。私がそれとなく辺りを歩いて見ると、目立たない柱の陰に腰を下ろした男がこっそりとタバコを吸っていた。この孫は、それほどまでにこの東南アジアの空気を、自分の身近な感覚として育っていたのであった。

第十二話　ターメリックの匂い

――現場を知らずに、感謝も批判もできない

一九九五年から九年半、日本財団で働いていた間に、私は二、三ヶ月に一度ずつ開いていた記者会見の場の空気に触発されて、記者たちと勉強会を開くことになった。

私自身、作家として必要とあれば取材をすることに馴れていて、いわば人と職業を理解する上での基本的な一つの姿勢のように感じていたのである。取材は体力も使うし疲れもするが、現場を熟知したいという礼儀に照らして考えても、大切なものであった。知らずに、描写も感謝も批判もできないのである。

私は記者会見の席で、記者たちが或る種の特別な場所には入りにくいと感じている面があるのを知って驚きもした。

羽田空港の地盤が果たして沈下しているかどうかを調べに行った時、空港内で使わせてもらったバスの、私の隣の席に座ったどこかの新聞社の記者に私はお礼を言った。

「お忙しいでしょうに、よく勉強会にご参加くださいました。羽田空港なんて今さらごらんになりたくもないかもしれませんけれど」

「いや、そんなことはないです。いくら社の仕事だとは言っても、空港職員ではない我々が自由に歩き廻れる場所ではありませんし、見せてくださいと言っても、けっこう気を使うものなんです」

そんなものなのか、と私は思った。それなら一度に大勢が勉強した方が効率がいいというか、面倒をおかけする相手も納得してくれ易いだろう。現に羽田空港の敷地内を移動するのに、私たちは徒歩は許されず、特定のバスに乗っていたからこそ、見とがめられずに移動できたのである。

どんな職業の人にも、知らない空間があるものなのだ、ということが徐々に納得でき始めた時であった。私たちは国交省の出先機関であるポートステートコントロールという役所を見学することになった。当時私の勤めていた日本財団の主務官庁は国交省だったから、目的に沿うためだったら、見学の機会も与えてもらい易かったのである。

場所は横浜港であったと思う。こういうことに関して恐ろしく記憶の悪い私は恥ずかしいのだが、この外国船舶を監督する任務を負う役所はいつも港にいなければならない。仕事は多くの場合「汚れ作業」だから、オフィスだって最前線の水際に小さく構えている。

ポートステートコントロールの任務は、我が国の海洋の安全と環境を守るため、港内の多くの外国船舶を、船齢（船の古さ）や過去の検査結果などに基づき、危険度の高い船を優先的に検査することである。

検査と言ってもいきなり高圧的に調べるのではない。外国船の情報は、港湾管理者や船舶代理店などから入手するらしいが、老朽度、危険物を積載しているかどうかなど、危険が予想される点があると、外国船舶監督官と運行労務監理を経験したことのある外国船舶監督官の二名で、実際に船に乗り込んで検査を行うのである。

私たちのようなマスコミに対する勉強のためには、実際の検査を行う場を使うわけにはいかないから、監督官が日頃から顔見知りで、しかも協力的な外国船に頼んで、船に乗せてもらう、という感じであった。

ほんとうに古い船が多い。私は監督官の後について記者たちと歩きながら、つい小声で注意した。

「そのボートの下を、あまり通らない方がいいですよ」

外見上、救命ボートはちゃんと備えられてはいるが、吊るしてあるフックは、何度も何度も塗料を塗った形跡があり、いわば厚化粧の老女の手のような感じだから、ちょっとさわっただけで、腐食しているフックが壊れ、ボートが下を通りかかる人間を押しつぶすのではないか、と私は恐れたのである。

その船は中国船だったような気がするが、停泊中ということもあって、船員の多くは上陸しているらしく、閑散としていた。顔見知りの監督官が来たのだから、船内もよく知っているだろう。船内巡視には慣れているのだから、見たいところはどうぞご自由に行って見てください、という感じで、敵対的な、或いは、用心しているような空気は全くなかった。こんなに友好的だと、ポートステートコントロールの機能もわかりにくくなるのだが、一時新潟港に入れる入れないの騒ぎを繰り返していた「万景峰号(マンギョンボン)」という北朝鮮の元山からの貨客船の取り締まりなどをしていた検査機関と言えば、日本人には理解しやすいだろう。

もちろん日本として見れば、日本の港で違法行為をされては困る。しかし諸外国の船の中には、哀れなほど貧しい船があって、その貧しさが乗組員にも危険を及ぼしている。それを防ぐのもこの役所の機能の一つだ。

その一例として。海図を携行せずに航行している船もあるという。貧しい親会社が海図を買ってくれないのだ。おおまかに言って、中国から日本の九州沖にまでは来られるのだろうが、瀬戸内海に入ってからは地図なしではよくわからない。私たちが自分の車で東京駅前にある大きなビルの名前を告げられた時、その地区まで来ていても、目指すべきビルがどれだか地図がないとわからないのと同じである。

「清水港を、東京湾と勘違いしましてね。入ってみたけど、どうも少し違うようだ。こんな小さいわけはない、って慌てて出て行ったような船もあったんですよ」

という哀れな物語もあるらしい。

一般的に言って、一定の総トン数を持つ船は、港に入ると必ず水先案内人を取らなければならないのだが、そのお金もないので、規則ぎりぎりの線を利用して、単独で入って来る。当時東京湾では、港の状況によって各船に信号の切り換えを行っていた。F信号（二万五千総トン未満の船舶は入出港可）、FI信号（二万五千総トン未満の入港船は入港可）、FO信号（二万五千総トン未満の出港船は出港可）はすべてF信号で兼用していたが、この二万五千総トンというデッドラインぎりぎりの船舶とは、管制官やポート・ラジオが頻繁に無線でやりとりするという煩雑さもあったようである。水先案内人に払う費用を倹約するために、いかにも乗せたような嘘をついている船もある。すると監督官は、水先案内人を港内の一定の場所で下ろす時に使う梯子の有無を調べる。梯子の設備さえない船もこれで摘発される。梯子なしでどうして水先案内人を迎えに来たボートに下ろせるか、という証拠を突きつけて、その設備をしない限り出港を許さないのである。

私はその日、一隻の船のバラ積みの荷の内容にも心をうたれた。船倉の中は、ゴミ捨て場と同じである。ボール紙、古タイヤから、針がついたままの使い捨て注射器まであった。こんな扱いに困る危険物を船で運んで行って果たして経済的に合うものなのか心配だったが、船は中国か北朝鮮の船籍だったような気がする。

とにかく私たちの目にする輸送船は、整然としたものばかりだ。豪華客船、自動車専用輸送船、タンカー、或いはコンテナー船など、見た目にもすっきりした船ばかりだ。しかしポートステートコントロールの監査の対象になる船はぎりぎりのところで商売をしている。

その日、私を送って来てくれた財団の車は、かなり遠く、一般車だけが停まれるところで待っていてくれた。私たちは一種の保税地区に入っていたのである。私が車のところに帰ってくると、おなじみの運転手さんがハンカチで鼻を拭き拭き言った。

「すみません。昨日あたりから花粉症がひどくなったらしくて、くしゃみばかりしています」

「違うのよ。五百メートルほど先に、バラ積みのターメリックを下ろしている船がいるのよ。その凄まじい匂いと埃のおかげで、皆咳やくしゃみが止まらないのよ」

見えない所で働く誰かの地味な努力で、平凡な安全が保てる。華やかなクルーズの陰にはこういう世界で働く膨大な人数の人たちがいるのだ。

第十三話　ひねもすのたりのたりかな、の作業船

――壊したものは直す、という原則

自分から望んでなったわけではなかったが、私は一九九五年十二月から二〇〇五年六月までを、日本財団の会長として働いた。私は六十四歳から七十三歳まで、普通なら完全に引退した人として暮らす年月に、生まれて初めて勤め人の暮らしをしたわけである。もっとも無給だったが、当時の記録を見てみると、私は週に三日程度、出勤していたようである。

日本財団は、日本の船舶に関する仕事だけでなく、広く国内と外国の福祉になることに、側面から手を貸すのが任務だったから、私は自然に、当時の日本が抱えていた海事問題にも関わることになった。

当時一番新しく起きた変化として注目を集めていたのは、マラッカ・シンガポール海峡に出没する海賊対策だった。強盗とか泥棒とかいうものは、もちろん細かい個々の事情の違いはあるが、つまり困窮感を抱いた人間が働く犯罪である。当然その地方には失業者も多く、国家や社会がその窮乏を救う組織的能力も持っていない土地に発生する。

マラッカ・シンガポール海峡の海賊は、初めは夜こっそり日本の船に乗り込んで来て、寝ている船員の部屋に吊るしてあるズボンのポケットから、十ドル、二十ドルを抜き取って行く、という程度だったらしい。しかしそのうちに次第に火器を持って乗り込んで来て、やがて船全体をシー・ジャックするようになった。

そうした歴史を一々書いても仕方がないから省くことにするが、日本は自国のエネルギーを確保するために、どうしてもこの狭いマ・シ海峡に大型のタンカーを通さねばならない。そのためには、海峡の安全だけでなく、マ・シ海峡に面するマレーシア、シンガポール、インドネシア三国とも信頼関係を築かねばならない。心と物の双方で、それを証(あかし)しなければならなくなったのだ。

その一つの事業が、(ちょうど私の在任中に当たっていたのだが)日本財団がマレーシアとインドネシアの両方の国に、設標船を寄贈することであった。

マ・シ海峡は一見広い海が続いているように見えるが、航行可能な水域は限られている。水上は全世界的に右側交通だから、マ・シ海峡もシンガポール島の南の海峡は、島に近い北側に西行船専用のレーン、その南側に東行船のレーンが設置されている。それらのレーンには、浮標（ブイ）、灯台、ビーコンなどさまざまな航行の安全のために必要な装置が備えられており、それらを掃除したり、故障を直したり、ペンキを塗り直したりする保全の仕事も、すべて日本財団の資金で行われていたのである。

保全のためには独特の作業船が要る。日本財団は、まず二〇〇二年にマレーシアに「ペドマン（羅針盤）号」（九百トン、七億八千万円）を、ついで二〇〇三年インドネシアに「ジャダヤ（南回帰線）号」（八百五十八トン、八億五千万円）を寄贈したのである。

私は当時責任者として、この船が、本来の目的以外のことに使用されないかと余計な心配をしていた。しかしこの船は十二ノットという低速しか出ないようになっている上、船型も作業目的のためにデッキが海水面すれすれに開いていて、あまり他のことに使われそうにはなかった。インドネシアに送られた船には、その上マラッカ海峡協議会から、当時業務課長だった佐々木生治氏が乗り組んで、技術面の指導も行うことになっていた。日本からインドネシアまでこののろのろ船を回航した時も、佐々木氏は同乗していたはずで、私はこの航海にずいぶん同情していた。そもそも外海の高い波に対応するようにはできていない船を、十二ノットという遅い足ではるばるインドネシアまで運んで行くなんて、揺れもひどかろうし、私ならまっぴらだ、ということがわかっていたからである。

この船を引き渡す時、私も母港となるビンタン島のタンジュン・ピナン港へ行った。ビンタン島へはシンガポールから、ほんの渡し船という感じの短い航海で着くのである。その後、佐々木氏の説明で実際の作業も見せてもらった。

海は静かだったが、「ひねもすのたりのたりかな」という光景で実に暑かった。何しろ遅い船だから目的地はそう遠くないのに、着くまでにも時間がかかる。浮標とは言っても素人目には直径十メートル近くありそうな鋼鉄の浮きをクレーンでデッキに引き上げる必要があるので、船にはろくろく手摺りもついていない。おだやかな波が、常に船縁から作業用デッキを洗っているという感じだ。「これじゃ海賊が乗り込むのも簡単ですね」と言ったら、「ええ、でもこれは一目で政府の船だとわかる（灰）色で、それだけでも金目のものはないに決まってますから、誰も襲いません」と言われた。

マ・シ海峡はいわば、狭い癖に交通量のもっとも多い銀座通りのような場所だ。そこを通る船の量も半端ではない。彼らは平気で、浮標を引っかけ、緩衝用のスカートのような部分を壊して去って行く。空を飛ぶ鳥は、浮標の上に糞をまき散らして独特の色に塗り分けられているはずの標識の色さえも見えないほどに汚していく。発光に必要な電力を作る太陽光パネルやバッテリーはよく盗まれる。浮標は巨大な独楽(こま)のような形だったが、海水に浸かっている部分はすぐにフジツボだらけになるからそれも削り取るのである。

その日、「ジャダヤ号」は通称「ドリアンブイ」と呼ばれる浮標を修理する任務についた。出港時から、修理に必要な手順はわかっていたはずである。しかし現場に着いてみると、優秀なはずの乗組員たちは、少なくとも二つのものを積み忘れていた。

浮標の掃除をした後に塗る防錆剤と、ドリアンブイの特徴が遠くからでも一目でわかるように塗り分けられている黄色と黒のペンキのうち、どちらか一色を忘れて来ていたのである。だから作業は、予定通りに終わらない。日本人だったら、こんな基本的作業に必要なものを積まないで出るなどということはあり得ない。突発的事故の後始末ではなく、これはいわば通常のメインテナンス作業の範囲なのだ。こういう場合、インドネシア側の誰が不備と遅滞の責任者になるのか。佐々木氏は憮然としているし、インドネシア側の乗組員たちは、それほど忘れ物を反省している様子でもない。

要は、壊したものは直すのだ、という原則さえ覚えてもらえればいいのである。それを彼らの体質の中に植えつけるには、或る程度の時間がかかるのかもしれない。途上国の多くの特徴は、壊れたものを直さずそのまま捨ててしまうということだと、私は知っていた。日本財団に来る以前から、私はアフリカで働いている日本人のシスターたちを助ける海外邦人宣教者活動援助後援会（ＪＯＭＡＳ）というＮＧＯで何十年も働いていたから、私たち日本人が立ち向かって闘っていたのは、壊れたものを一向に直さない、という彼らの長年の性癖だったと言ってもいいことがわかっていたのである。

しかし私は、インドネシアの作業船の空気に不思議な親しみを持った。そもそも船橋

（の司令室）に入る時、外で恭しく履物を脱ぐ、という習慣を持つ船を見たのも初めてである。当時インドネシア一の機能を持った新造船作業船に乗り組めたことに彼らは多分誇りを感じていてくれたことだろう。だから彼らはタイやミャンマーの人たちがお寺ではだしになるように、船橋でも敬意を表して履物を脱いだのかもしれない。とすれば、彼らは日本人にも極めてわかりやすい感覚を共有する数少ない外国人なのかもしれなかった。

しかし私は出港するやいなや、下の調理場に入り込んでいた。それなしではインドネシア人は、一日も過ごせないと言われるサンバルというお味噌風の調味料をコックさんが作り始めたと聞くと、そんな貴重な料理教室参加の機会は逃せられないと感じたのである。

第十四話　「ペドマン号」との出会い

——海上での黙禱と濃密な祈り

私は二〇〇五年六月末日をもって日本財団を辞任した。九年半近くもの間勤務することになろうとは思っていなかったのだが、結果的には、周囲の温かい支えと時の幸運の中で、大過なく数百億円の年間予算を抱えた財団の任期を終えたことになる。

二〇〇五年七月、退職後すぐ、私はマレーシアに行った。前回で、私は日本財団がインドネシア政府に寄贈した「ジャダヤ（南回帰線）号」という設標船については書いたが、財団は同じような設標船をマレーシア政府にも贈っていた。「ペドマン（羅針盤）号」である。

戦争中に海洋国・日本は、海軍だけでなく保有していた船舶のほとんどを失った。私の夫は、戦争の始まった一九四一年には旧制中学の生徒だったのだが、開戦の日に早くも日本の敗戦を予感したという。同級生に内航船の船会社の社長の子息がいて、日本の内航船自体がすでにあらかた軍部に徴用されてしまっていることを知ったからだという。そんなことは機密でも何でもなく、少し知的な人たちなら誰でも知ることのできる事実だったのだろうが、それでも日本はその現実を無視して開戦に踏み切った。そんな思いになるほど日本を追い詰めたのはアメリカであったとも言える。そしてそれから半世紀近く経って、私は再び日本財団で働いたのだから、私は海の仕事とやはり深い縁があったのかもしれない。

私の辞める頃、一つの話題になっていたのは、マラッカ海峡で戦争中に沈んだ日本の伊号第一六六号潜水艦のことであった。

この悲劇の船は、マレーシアのクアラルンプール沖、北緯二度四十八分、東経百一度三分と思われる場所で沈んだ。その沈没場所と推定される地点の海底調査をするために、日本財団は四百万円あまりを出していた。八十八体のご遺体はまだそのまま艦内に残っていることでもあり、もし可能なら何とか引き揚げのお手伝いをしたいと思っていたからである。

しかしこのプロジェクトは、そう簡単には運ばなかった。沈船は絶えずわずかずつ海底の砂と共に移動しているらしい。しかも水深は深く、推定場所は、マレーシアとインドネシア領海域のちょうど中間にぶつかる地点であった。この二国もまた、常に微妙な関係にあったから、沈船の引き揚げもむずかしく、その時のように現場で慰霊祭をするだけのために、海峡の真ん中に船を小一時間留めることも、普通ならできにくいことであるようだった。

しかしこういう時、両国に同じような設標船を贈っていた日本財団なら依頼し易かった。日本財団側が、マレーシア政府に頼んで、「ペドマン号」を一日借り、沈没場所と思われる領海線上に停船して行事を行うことに関する理解を、スマトラ島をすぐそこに見るインドネシア政府に事前に通告しておいてもらえばよかったのである。その意図も、マレーシア側に簡単な説明で伝わる。国境で船を留める心理的わずらわしさも軽減できる。事実マレーシア側は、この海の戦士を祭る企画に最高の理解を示してくれた。

私たちはクアラルンプールの外港であるポートケランから「ペドマン号」に乗り込み、

約三時間かかって沈没地点に着いた。日本側から参加された遺族は、もうほとんどが子供や孫の世代で、姉妹という方がおられたのは、例外だった。潜水艦の機関長のお孫さんにあたる紳士は、その日住んでおられるアメリカから参加された。

財団の世話人が、現地で捧げるお花や昼食用の幕の内弁当風のものを土地の仕出屋さんに頼んで船に積み込み、沈没地点と思われるところで船を停めて、私たちは黙禱し、花を投げ短いながら濃密な祈りに包まれた記念の式典をした。

それ以上の何もしてさしあげられないのだが、遺族が健康に戦後の日本で活躍し、日本の国自体も、アジアの他国に設標船を贈れるほどに繁栄した。その現状報告が、こうした記念行事をするほんとうの目的だろう、と私は考えていた。その二つの報告の実態が、遺族の参列であり、「ペドマン号」の存在であった。

しかし日本の外務省の態度は、私には信じられないものであった。私たちはこうした計画が行われることを、事前に外務省に通告していた。私は形ばかりでも日本大使の参列を希望していたのである。その前夜、首都クアラルンプールでは、恒例の盆踊り大会が開かれて、地元のマレー人たちも浴衣を着て参加していた。彼らのほとんどはイスラム教徒だから、浴衣の上にでもイスラムの伝統に従ってスカーフをつけていたが、それがけっこうかわいかったし、年に一度必ず着物を着る機会を楽しみにしている常連たちもいるということだった。日本大使はこの盆踊りには出席したそうだが、肝心の慰霊祭に関してはなしのつぶてだった。私は数日前に、日本財団で折衝に当たっている人を通じて、再度大使館にどなたかご出席をいただけないか、と頼んでいたのだが、それにも答えはなかった。

誰も忙しいことを、私はよく知っている。クアラルンプールの日本大使館だって、いつも人手不足だろう。お金の面でも急にご迷惑をおかけするようなことがあってはならないから、日本財団はすべての出費を引き受けていたのである。

「大使ご自身でなくてもかまわないのです。どなたか若い方が大使の代理としておいでいただけませんか」と私は頼んでもらっていたのだが、それに対する大使館の質問は「日本から誰か肩書上の偉い人が来ますか？」ということだったと聞いて私の絶望感は決定的になった。大使は、慰霊祭の意味を人間的に全く理解していない人だったのである。

日本財団の現会長が見えればよかったのか、それとももっと有名な政界の先生が出席されれば、大使もおでましをいただけたのか。日本の官僚の、大使にまでなる人の国際感覚がこの程度であることも、私は知らなければならないことだったのである。結局大使館は電報の一本も寄越すことはなかった。マスコミ側からは、南日本、産経、読売、朝日、共同、時事などの新聞社と通信社。テレビはＴＢＳとフジが取材に来ていた。

私は中国の不審船を引き揚げた時、手がけた業者から、深度の深い海から沈没船を引き揚げる苦労を初めてゆっくり聞いたのだが、深海からの沈船引き揚げは今でも解決できない一つの難問であろう。

私はこの「ペドマン号」と、実は前年にも出合っている。

二〇〇四年の八月に、私はシンガポールから、商船三井が運航するカタール石油のＬＮＧ（液化天然ガス）タンカー「アルビダ号」に乗って、カタールのラスラファンまで行ったのだが、シンガポールを出港する時に、「アルビダ号」のすぐ前にいる不思議な小さな船のことが船橋で話題になっていた。何せ誰もが海賊に神経を尖らせている時代だから、「おい、あの船は何だい」というようなことになって、16チャンネルという港の近距離の間だけで使われるＶＨＦを通して、相手の確認をしたのである。するとそれは、日本財団がインドネシアに贈った「ペドマン号」という設標船だということがわかった。しかもその船は、偶然その日「アルビダ号」の進路に当たるニバの灯台の補修をしてくれており、乗り込んでいる日本人の佐々木生治氏の姿も、水面上四十五メートルの高度にある「アルビダ号」の船橋からはっきり見えた。私は叫んだが、もちろんその声は佐々木さんには届かなかったであろう。ただ私たちの感謝は16チャンネルを通してはっきりと伝わったはずである。

「いつもご苦労様です。ありがとう」と私は言い、「ペドマン号」からは「お気をつけて行ってらっしゃい。良い航海を」という答えが返ってきた。巨大船と小さな設標船は、そこでも出合っていたのである。

第十五話　タンカーでの船旅〈湾岸まで　I〉

——電気は民主主義を可能にする第一条件

私は或る年までに、しきりにタンカーに乗せてほしいと思っていた。もちろんこれは、作家の身勝手な希望だったが、私はいつもどちらかと言うと人があまり見たがらない土地や場所や仕事を知りたいと感じていた。そういうところにこそ、人に伝える感動があるだろうということを体験的に感じていたからでもある。

私は古いタイプの「石炭を焚いて走るレシプロエンジン」の船にも乗った。極く普通の輸送船にも乗せてもらった。もちろん船にはさまざまな形態のものが最近ではできてきたが、積み荷は違っていても、船を運行させる手順や約束は同じである。

そうして考えてみると、私が次に学びたいのはタンカーであった。一九七〇年代から八〇年代にかけてオイル・ショックの年には、日本全体がエネルギー危機を感じて、砂糖やトイレット・ペーパーなどがマーケットから姿を消した。私の母なども店の人に言われて、高い砂糖を買い込むという付和雷同の兆候を示した。いわゆる買いだめである。戦争中に主婦をやった体験のある人は、物資が不足するという不安に怯える癖が脱けないので、こういう非社会的な行為を今でも時々するのである。

しかしあの当時人から聞いた話だが、日本中のタンカーが船腹いっぱいに原油を詰めて、一斉に中東から日本に向かって走っていた。石油基地はまだ不足しており、五島列島の近くに建設中だという話は聞こえていたが、それらのタンカーは一斉に近海に浮かんで、浮かぶ備蓄基地として働いていた、という。

もちろんその背後には、日本人が、それまでにいささか溜め込んだドル紙幣で、相手のほっぺたを引っぱたくようなやり方で強引に石油を買っていたのかもしれない。そのおかげで、日本はエネルギー危機に陥らずに済んだ。

単に停電や石油製品の不足もなくて済んだだけのことではない。その危機を乗り越えたことには、遥かに多くの意味があった。日本人は民主主義の危機を回避できたのである。電気は民主主義を可能にする第一条件なのである。電気がない国は、統制上、族長支配・封建主義的傾向を取らざるを得ない。すると日本人が、自国にも世界にも期待している、開けた民主主義国家の形態はかなり短時間のうちに失われていく。私は世界で百十カ国あまりを見たが、電気のない国が民主国家であり得た例をまだ見たことがない。

だから私たちは、ドル紙幣のおかげで、エネルギー危機を救われただけでなく、民主主義が存続の危険に立たされるような社会的状況も体験しなくて済んだのだが、当時の日本のオピニオン・リーダーたちやマスコミの多くは、日本の商社マンたちを時折、道徳的に非難することはやめなかった。溜め込んだドルの力で、困難を解決したという現実を、なぜか彼らは認めたくなかったように見えた。

私はタンカーの業務を、現実に知りたいと思ってその機会を探していた。しかしお金を払って乗せてもらうことができる公共の乗り物ではない。ひたすら好意で便乗を許可され、その間にその業務を学ぶ他はないのである。そしてその機会は、なかなか現実化しなかった。おかしなことがネックになっていたのである。

中東に石油を取りに行く、ということは、たいていペルシャ湾岸の奥に位置する産油国に行くことを指している。目的地がイラクでもいい。クウェートでも構わない。アラブ首長国連邦だって、私はどこででも降りて、飛行機で日本まで帰ればいいという予定だった。私は初めから、往復共タンカーに乗せてもらうことは自分勝手な理由で不可能だと考えていた。私は連載を何本も抱えていて資料も必要だったし、日本からの往復だと、全行程約一月はかかる。その間とても船に乗っていることができない、と感じていた。連載を書き溜めして家を出るには、体力と気力の限界というものがあるのである。だから私が身勝手に希望したタンカーによる船旅は、湾岸までの片道であった。しかしたった一国だけ初めからその希望が叶わない国があった。それが偉大な産油国、サウジアラビアなのである。

私はそれまで何度かアラブ諸国に入ろうとした時、当然サウジもその取材先に入れていた。しかしサウジに知人がいて、彼らが私の引受人になり、「作家・曾野綾子」の渡航目的がはっきりしていても、サウジだけは私にヴィザを出さなかった。サウジに血の繋がった家族が居住していない限り女性は観光目的でも入れないのである。つまりヴィザが出ない最大の理由は私が女性だからであった。

当時、夫の三浦朱門が、私にサウジの特殊事情を説明しようとしてこう言ったことがある。

「ああいうイスラム教の国では、女は男の持ち物なんだ。羊と同じなんだよ。羊が一人で旅に出たり、飛行機に乗ったりするわけがない。だからそういう怪しげな身分の旅行者は引き受けられないんだ」

一部はすぐに私にも理解できた。或るアラブの国にいた時、たまたま近く人口調査が行われるという話が出たので、不勉強な私はその国に住む一人の日本人に尋ねた。

「この国の人口はどれくらいですか」

「さあ、どれくらいですかねぇ。調査したってどうせ正確な数は出ないでしょうからね」

彼は私の質問のポイントを少し聞き違えたようだった。

「百万単位で、誤差が出るんじゃないですか？　まず女はこの国では財産と見なされていますから、実数通りには申請しないんですよ。どこの国だってそうでしょう。税務署には正確に財産の申告なんかしないもんですよ」

その時、私は初めてアラブ共通の考え方を教えられたのだ。

しかし私はそれからしばらくして別の機会を捉えてサウジに入った。まるで出来の悪いスパイ映画のような手を使ってヴィザを手に入れたのである。当時レバノンのベイルートに、私の親しい知人がいた。

「僕の知っている人間を使うと、もしかするとヴィザを手に入れられるかもしれません。ムハンマドという男にあなたのパスポートを預けて、五十ドルやって頂ければ、彼が取ってくるかもしれません」

私は知人の言う通りにした。もちろん不安がないことはなかった。ムハンマドなどという名前は「石を投げればムハンマドに当たる」と言いたいほど、ありふれた名前である。しかも知人は、このムハンマドの住所も知らないらしい。

しかしとにかくヴィザは手に入った。パスポートも戻って来た。しかしサウジのリヤド空港に飛行機が着いて査証検査場（パスポート・コントロール）を通るまで、私は「もしかするとこのヴィザは偽物かもしれない」と恐れていた。

後年、私は在日サウジアラビア大使にお会いした時、この話を包み隠さずお話しした。

すると大使は、我が国は豊かな国だから、そんな裏仕事をしてお金を稼がねばならないような男はいない、と明るい調子で否定された。それならそれでいいのである。私は東京で半年もの間、正式の手順でヴィザを出してもらうために辛抱強く待った。しかしヴィザはどうしても出なかった。サウジがかつての政策と違って、開かれた国になっているなら、私の頭をそれに合わせよう。しかし当時の状況では、私を便乗させてくれるという日本のタンカーがホルムズ海峡に入った地点で、石油の相場を調べ、サウジのどこかで石油を買うということになったら、私はそこで降りることができなくなる。ヴィザなしでは、私は船を降りて首都の空港までにも行けないのだ。

「そういう時は、ヘリを頼むか高速艇を手配して、船のタラップの下からクウェートまで行けばいいんですよ」と言う人もいたが、それもあまりアラブ諸国では安全な旅の仕方ではなかった。つまり必ずサウジ以外の産油国で石油を買います、というタンカーを見つけて乗らねば、私は予定を立てて日本を出られなかったのである。

第十六話　ゴジラの卵船〈湾岸まで Ⅱ〉

——海賊に対する厳重な見張り

実は以前にも、確実にサウジ以外の国で油を買います、というタンカーが見つかったことはあった。これで便乗見学の機会を長年待ち続けた甲斐があったと私は喜び、当時は日本財団に勤務中でもあったので、そちらの了解もとって、広報部からも一人勉強に乗せます、という話まで決まった。私は船会社にご挨拶に行き、先方では私がいわゆるレジャーのための船旅を期待していると思われたらしく、「今度、お乗り頂くタンカーには甲板の上にジャグジーのついた小型のプールもあります」などと言われて、私は挨拶に困った。しかしいずれにせよ、誰でも海に関心のある人が、その勉強の機会を与えられることは、ありがたいことだった。

しかしその時も、このチャンスは逃げてしまったのである。信じられないことに（というのは私が業界の事情について無知だということを示しただけのことだったのかもしれないが）、この船は、湾岸から油を積んで日本に帰るまでの間に、売られてしまったのである。

この話を聞いた知人の一人が、

「人間を乗せたまま⁉」

と私に聞いた。まさか乗組員まで売ったわけではないのだろうが、地上の不動産よりもっと簡単に売れてしまう船の話など、部外者には理解しがたいことだったのである。

私がやっと便乗を許されたのは、商船三井が所有する十万トンの「アルビダ号」で、日本とカタールの間をＬＮＧ（液化天然ガス）を運ぶためだけに働いている船である。

私は時々、神奈川県の海辺の家で原稿を書いているが、そののどかな畑の中の家では、炊事の燃料は都市ガスとは違って液化ガスを使っている。昔はお料理の最中にガスコンロの火が、ある時、ふっと小さくなって消えると、あわてて燃料屋さんに配達を依頼する電話をかけたものだが、今では人の背丈ほどもある大きなボンベが二本も据えてあって、業者さんがいつも満たしていってくれるシステムである。そのボンベの中に入っているのがこのＬＮＧである。

ＬＮＧは不純物を取り除いた後、摂氏マイナス百六十一・五度まで温度を下げると六百分の一の体積になる。その液化ガスをそのまま保冷庫に入れて運ぶのがＬＮＧ船である。つまり液化燃料を巨大な魔法瓶の中に入れて運んでいるようなものだ。

液化燃料は素人には恐ろしく感じられる。何しろ爆発性の物質だからだ。そんな恐ろしい積み荷を積んでいる船にどうして乗るの？　と言った人もいるし、それでも私の取材の意味を認めてくれようとする人たちの中には、「行きは、つまり空船だから、安全ね。帰りなら危険だけれど」と言ってくれた人もいた。しかし後でわかったのだが、これも実情を知らない者の言うことであった。カタールの港に着いた時、この魔法瓶の性能を持つ巨大なタンクは、摂氏マイナス百六十一・五度に冷やされていなければならないのだから、そのための燃料は持っていなければならない。

私はこのタンカーを海の上で見ると、必ず「あら、ゴジラの卵船が走ってるわ」というような言い方をしていた。船上に設置してある巨大な球形のタンクは、直径が三十七メートルもあり、それが甲板の上に五個も並んでいる。外見上もこれほど特徴のある船は珍しい。

私はシンガポールからこの船に乗ることを許してもらっていた。最初はシンガポール海峡を低速で走る「アルビダ号」に、私たちの頼んだランチ（小艇）が並走し、私は外付けのタラップに乗り移り、甲板まで約十六メートルを昇ってください、ということだったが、もしかすると私たちへの心遣いからか、「アルビダ号」は前夜からシンガポール港の南西の錨地に停泊していた。私はシンガポール名物の焼き豚などをお土産に買い、当時、私と同じ日本財団に勤務していた海洋グループ長の山田吉彦氏と、商船三井の石部陽介氏と共に、「アルビダ号」に乗り込んだ。山田吉彦氏は、海洋学者として今のように有名になる前で、なんでも大学を出たばかりの一時期、銀行員だったという。仕事が向いていなかったのか、日本財団に転職して来た。その経緯を聞いた時、私は「そりゃ、日本財団の仕事の方がおもしろいにきまってますよ」などと厚かましいことを言ったのだが、このカタール行きの頃が海洋学者・山田吉彦氏の体験蓄積期であったのかもしれない。「アルビダ号」の姿を見た時、私は後部甲板に、私たちを出迎える人影がある、と思ったのだが、それは海賊よけの人形（ダミー）であった。近づいてみると、いい加減な作りなのだが、遠目には当直の船員が立っているように見える。

前にも書いたが、マラッカ・シンガポール海峡は、当時すでに有名な海賊海域であった。

翌朝早く、船は出航したのだが、前夜も海賊に対する見張りは厳重だった。私たちは便乗を許された者として、時間を惜しんで体験を積もうと考えていたので、その夜から早速見張りに立つことにした。

船橋周辺は厳重に戸締りがしてある。ドアに鍵がかけてあるだけではない。扉自体が、幅三十センチはありそうな一種の金属製の特注ベルトで締め上げられているという感じで、一旦はデッキに出たはずの私は、自分がどのドアから外へ出たのかわからなくなっていた。

海賊に対する見張りと言ったって、暗い海に面したデッキに立って後方海面を当てどもなく見ているだけである。シンガポールの夜は凄まじい湿度だった。船は絶えず海面を強力な投光器で照らし、後方に向かって高圧放水をし続けている。世界中で、デモ隊を傷つけず解散させるあの手法である。

夜の海は茫漠としていて、距離感もよく摑めない。何しろ「アルビダ号」は巨大な船で、長さはほぼ三百メートル、船橋は海面上四十五メートルの高さにあるのである。

私は間もなく見張りに立つことにうんざりした。とにかくべとべとと暑い。エンジンの音は喧しい。船の煙突からは煤も降ってくる。私は「夜通し見張りに立ちます」などと言っていた体裁のいいセリフを忘れたふりをして、夜十時頃にはさっさと船室に入って寝ることにした。その時、自分で口にした恥ずかしい言葉を今でもよく覚えている。

「見張り、って海賊が出ないと退屈なもんですねぇ」

私が男で、部下がこんな能天気なことを言ったら、「張り倒してやりたい」と思ったことだろう。昔のコソドロ・空き巣狙いみたいな海賊じゃない、のである。機関銃で武装した海賊である。

私は自室に戻って、これから十日間ほど続く船旅のための用意をした。申しわけないことだが、私に与えられた部屋は、船のオーナーなどが乗る時のための客用寝室で、中はダンスが踊れるほど広かった。幸いにも船首に向かった窓はなかった。窓はすべて船向いている部屋ならば、その船室の居住者は、前方に向かって明かりが洩れないように厳重に窓の遮光カーテンを管理しなければならなかったが、この船室はそんな注意さえする必要はなかった。

私は荷物の重量制限のないことを口実に、旧式のコンピューターを持ち込んでいた。当時新聞連載を抱えていたのである。新聞の連載は、作家によって違うが、最短で三日、用意のいい人は普通は十日か二十日分くらいは、原稿の書き溜めを持っている。それくらいの余裕は、親が病気でも、当人が二日酔いでも、あっという間に使い果たす。

私も今後十日間は航海中なので、新規の原稿は送りませんとは言えなかった。係の学芸部の記者はきっとお腹の中で、「連載中にカタールなんかに行くな。船なんかに乗るな」と思っていただろうけど、口に出しては決して言わない礼儀正しい紳士であった。私はと言えば「船中からは電話が通じるんだから、ファックスで送ればいいや」と呑気に考えていた。船の方にも、その面倒については、お頼みしてあった。

第十七話　島が動いた！〈湾岸まで　Ⅲ〉

――衛星の呼び出し方にまでコツがある

　商船三井グループの所有する十万トンのＬＮＧ船「アルビダ号」は、八月十三日金曜日の午前六時四十五分に抜錨（ばつびょう）を開始した。「これから船首、巻き込み始めます」という言葉が聞こえ、出港準備に立った船員たちが、あちこちの機械をハンマーで叩くのが聞こえた。

「錆が散るから離れた方がいいでしょう」

という声がして、船の業務に馴れない私の立ち位置のまずさを、プラスチックの防塵眼鏡をかけた三等航海士（サード・オフィサー）が教えてくれた。

　錨は注水を受けながら巻き上がって来る。それでも巻き上げ機の上から煙のような埃が立ち上がった。その埃の間から、シンガポールの町が見えた。そこには目覚める直前のまだ澄んだ町の灯がはっきりと見えた。しかしこの船上では既に、一種の統制のとれた戦いが始まっていた。

七時五分、アンカーチェーンの音が止んだ。そして七時十分、私は眼の前のシンガポール島が動いたと感じた。島が動いたのではなく、船が動いたのである。

七時十分、白シャツに紺色のライフジャケットを着た水先案内人が、海面に降りて、迎えに来たランチに乗り移った。たった十分間の勤務と見ていいのだろうか、と私は浅ましいことを考えた。

九時三十分、私は船橋にいた。既に十九・二四ノットの速度が出ている。

左舷にインドネシア領のスマトラ島、右舷にマレーシア領のマレー半島が続いているはずだった。両岸は見えないのに、野焼きの匂いだけが船橋にまで漂って来るのが不思議だった。

出港の日の私の個人的な仕事は、連載中の新聞小説を少なくとも二日分くらいは書くことだった。一日分は原稿用紙約三枚で、筋も明確に見えているし、大してむずかしい作業ではない。私は書き終わると、原稿を持って事務長（パーサー）という任務の人を探し出し、それをファックスで送ることを頼もうと思った。パーサーの語源は恐らく「財布」から来ていてつまりは財務管理者のことに違いないのだが、驚いたことに、この船にはパーサーなる職責の人は乗っていなかった。船客が出入りするカジノがあるわけではないし、船員は自分が飲む予定くらいの酒やタバコを既に出港地で買い込んでいたから、パーサーが船の上で、個人を相手に本来取り扱うべき金銭上の任務などほとんどなかったのであろう。私は戸惑って、

「それではこの原稿をファックスで送るのは、どなたにお願いしたらよろしいのでしょうか」

と尋ねた。驚いたことに、それは船長がしてくれるのだというのであった。今どきファックスなど送る必要のある職員は、船長以外にあまりないのかもしれない。

私は恐縮して原稿を預け、機械の傍でうろうろと待っていた。地上から船を呼ぶ時には、まず国際電話識別番号の００１－０１０を押し、それから「アルビダ号」の走っている海域番号８７０を押す。さらに船舶地球局番号なるものがあり、アルビダの番号は

9桁もある長いものであった。こういう場合の電話回線というのは、インマルサットと呼ばれる海事衛星を使うのだが、「アルビダ号」の航路の真上にはインド洋衛星がいるはずであった。

ところがその日に限って、インド洋衛星はさぼっているのか眠っているのか、一向に応答がなかった。私は少し焦った。連載の原稿が着かないと、係の記者はどんなに平静を装っていても、やはり内心は心配しているはずである。すると船長は落ち着いて、

「インド洋衛星がだめなら、一つ東の太平洋衛星を呼んでみますか」

と言った。すると太平洋衛星は一度で繋がった。ファックスは簡単に届いたのである。私は嬉しさのあまり、いつものくだらない冗談を口にする癖を取り戻し、

「インド洋衛星はきっと美人で、いつも怠けていらっしゃるんですよ」

と言ったが、私のほんとうの感動は別の点にあった。機械や物には使い方があるというが、衛星の呼び出し方にまでコツがあるということを学んだのである。本来呼ぶべき真上の衛星より、一つ東の衛星を呼んだ方が、距離は遠くても繋がる率が高いというのは、地球の自転か何かと関係があるのか、それとも航路上空の一定の気流と関係するの

か私にはわからないが、とにかくこんなところにも隠れた技術というものはあるということだ。

船というものは一つの家族のようなものだから、私は船員の国籍別配分にも興味を持っていた。この船の乗組員は総勢三十二人で、そのうち六人が調理場で働く人たちである。乗組員の国籍は、商船三井の仕事上の哲学と経験からはっきりと割り出しているようだった。つまり、甲板部の士官以上は全員が日本人。残りの甲板員全員がフィリピン人であった。もっともこの船は巨大なので、甲板部機関部共に、士官が一人ずつ多かった。チーフオフィサーがいて、更にその下に一等航海士がいるのである。機関部は機関長（ファーストオフィサー）に当たるチーフエンジニアの他に、シニアファーストエンジニアとジュニアファーストエンジニアがいる。つまり通常機関部の士官は三人なのだが、ここでは五人いるのである。その上に日本人だけでこうした指揮系統を独占するのはいけないという配慮からか、三等航海士（サード・オフィサー）と三等機関士（サード・エンジニア）の二人はフィリピン人であった。然るべき機関できちんとした訓練を受けていれば、抜擢したい気持ちが会社側にもあるのだろう。

しかしそこにはもう一つ別の深謀遠慮もあることを私は後で知ったのだが、この詳細については後述する。

こういう人員の配置と繋がって、私の興味は食堂の構成にもあった。私が教えられた頃の知識では、普通の貨物船では常識となっている階級の区別によって、食事の場所はサロンと呼ばれる士官食堂と、下級船員用のメスと呼ばれる食堂とに分かれているはずだった。日本人は、現在ではすべての社会や組織が、民主的平等の下に動いていると思っているが、軍隊も海運も航空も、決して民主的平等主義など取っていない。これらは、上級者の命令に従って動く完全な縦社会で、それを変えるには無理がある。

この船でも二人のフィリピン人士官だけが日本人の士官食堂で食べるのかと思っていたら、商船三井は、これを実に上手な配慮によって解決していた。一応階級とは関係なく、日本人食堂とフィリピン人食堂とに分けたのである。こうした仕組みによる利点は、まず誰もが食事の時には母国語だけで喋ることができ、かつ日本人食堂なら食卓の上に、らっきょう、福神漬け、なめ味噌など、どういう料理の時にそれを加えたらいいか、外国の人にはわからないような食べ物の壜詰を出しておくこともできる。

これはフィリピン人側も同じであろう。食事の時無理して日本の乗組員たちと英語やカタコトの日本語で喋ることなく、母国語のタガログ語や英語でくつろいで話すことができる。食事の内容ももちろんそれぞれの国の料理を出すようになっているから、そこに外国人が紛れることで遠慮する必要もなかった。日本人食堂で仮にクサヤの干し物を供しても、鼻をつまむ外国人はいないから気楽に食べることができる。一方フィリピン人食堂ではフィリピン料理が供され、彼らは我慢して味噌汁を飲む必要もない。

こうしたローカルな食事は、商船三井がフィリピンに持っている海員養成学校の調理部のような所で教育された人たちによって準備されているのだそうで、フィリピン料理は勿論問題ないだろうが、日本料理もそれほど狂っているとは思われなかった。ただ私はかなりお節介なところもあるので、お赤飯が出た時には小豆かささげが多すぎるように思われたので、仲良しになっていたコック長に、「お赤飯は『もち米が三カップ、お豆が半カップ』がいいのよ」などと余計なことを教えに行った。他人の仕事に口を出してはいけなかったと、今では深く反省しながら思い出している。

第十八話 「アルビダ号」での日々〈湾岸まで Ⅳ〉
——人や組織は「自己完結型」で生きなければならない

商船三井グループの所有するＬＮＧ船「アルビダ号」の航海中の日々は、私にとってすべてが勉強であった。

船のデッキを船員の誰かが歩くという時、私はよく後について歩いていたが、それは質問をするためであった。

驚いたことに、彼らは多くの場合カナヅチを携行していて、船に設置されている金属製の部分を、それで引っぱたいて歩くのである。

陸上だったら穏やかならない、一見破壊的とも見える行為だが、彼らはそれを習慣にしているように見えた。「何のためですか」と私は質問したが、それは金属の部分に僅かな衝撃を与えて、錆びつかせないためだという。なるほど、と私は納得したのだが、その問いの中には、ほんのわずかだが、私の羨望が含まれていなかったと言えば嘘になる。つまりカナヅチで引っぱたく行為が役に立つなどという世界があっていいな、と思ったのである。

現代人は、自分には暴力愛好の気配もなく、完全な平和主義者のようなことを言っているし、私もまた現実に、生涯に一度も、人を殴ったり、器物を破損したりせずに生きてきた。しかし私の心理の中に、お汁粉にはたっぷり砂糖を入れると同時に、ほんの少しの塩を入れる必要性がある程度に、暴力志向のような破壊的な欲求がないと言ったら嘘になる。

このタンカーの機関部が修理のために使う作業室の広さも私の羨望の的だった。ちょっとした雨天体操場くらいある。さらに壁には、いつも使う道具が、きちんと揃えて置かれているかどうかを示すすばらしい装置もあった。人の身丈と比べたくなるほど大きなネジ回しのセットが壁にかけられるようになっていたが、そのサイズの違う道具が一本たりとも不足していないように、壁にはそこにかけられるべきネジ回しが、実物大で、少しずつ大きさや長さが違う順序にシルエットで描いてある。だから誰かが、そのうちの一本を元に戻していなかったら、監督者はわざわざ保管所を見なくても、一目瞭然に、その特定の一本がなくなっていることがわかる仕組みである。

航海中のこの巨大船は、別にタンカーでなくても贅沢なクルーズ船でも同じだろうが、一種の宇宙船かビルの運営会社のようなものであろう。常にどこか思いがけないところが破損し、しかし部品がない、材料が足りないからと言って、どこかへ買いに行くわけにもいかない。すべて船内でなんとか補修しなければならないのである。

私はかねがね生きる上で、すべての人や組織が或る程度、「自己完結型」で生きなければならない、と思っているから、こういう仕組みに感動するのである。自己完結型というのは、無人島の漂着者同様、すべての生の営み（水の確保、火を起こすこと、雨に濡れない屋根を作ること、寒さや暑さを防ぐ家に当たる構造物を作ることなど）をすべて自分でできなければならないということである。私が自己完結型を志向したのは、自分が恐ろしく無能だからであった。私は重いものも動かせず、雨戸がはずれても元へ戻せないことがあった。こういう人間は、ほんとうは生きている資格はない、とよく思っていたのである。

私はまたおかしなことにも興味を持った。直径三十七メートルの巨大な球形のＬＮＧタンクの外壁の清掃は、どういうふうにしてするのだろうか。奈良の大仏さまの清掃は、年に一回、お坊さまと信徒たちが、笹竹などで或る程度払っているが、平らな足場のない金属のボール型の構造物の清掃ほど始末の悪いものはないだろう。

私は或る日、やや暇のありそうな甲板部の士官にそのことを聞いてみた。すると、「時々前方に積乱雲が発生していて、その下に入るのにあまり廻り道しなくて済みそうな時は、わざと入って行って洗ってもらうんです」ということだった。つまり自然の驟雨をシャワー代わりにして洗ってもらうというのだ。船だけではない。世界中には、夕立を貴重なシャワーだと思っている人たちがたくさんいて、フィリピンの貧しい人たちが住む場末の町などでは、夕立が来ると、幼い子供たちまで嬉しそうに母親が持たせてくれた石鹸を手に、雨の中に飛び出して行く。そこで思うさま体を洗うのだ。何しろ、汲んだ水を、一キロ二キロも、ポリタンクに入れて、肩に担いで家まで持って帰らねばならない人たちもまだ世界にはたくさんいる。そういう人たちは、一人一日四〜五リッターは要るという家庭用の料理と飲用の水を賄うだけで手いっぱいだ。二十リッターの水は当然二十キロの重さがあり、私など、持ち上げるだけでもうんざりする。それを肩に担いで運んでも、家族が五人ならやっと一日分、という家では、子供にシャワーなど浴びさせる水の余裕はない。自然の驟雨を使うという智恵は、水道の設備に馴れた日本人が持っていない賢さの一つなのである。

もう一つ私が、「アルビダ号」の生活を覗かせてもらって感動したのは、船長の甲板部の当直の人たちに対する厳しさであった。私は時々船橋に上がることを許してもらっていたが、そこは男たちの真剣勝負の場なのだから、できるだけ離れて立ちながら、見守ることにしていた。私は実に今まで長い時間を、取材目的のために、仕事を見守る、ということをやってきたのだ。土木の勉強をしていた頃は、トンネルの切り羽に、半日も立っていた。そこは常に掘削のための機械の動いている凄まじい騒音の場だったから、働いている人たちも全く無言だった。会話などというものが成り立つような場ではなかったのである。しかし、そこに立って眺めさせてもらうということは、偉大な恩恵であった。今でこそ少し痩せたけれど、私は当時は六十五キロに近い体重があり、背も百六十五センチくらいあった。女性としては、大柄、つまりやや太り加減であった。その体で「『身を細める思いで』そこに立たせてもらっていた」などというから、皆笑うのである。「細める」ったって、現実に細くはならないわよねぇ、ということだ。

船橋には、どの船でも同じ様なものがあった。昔は神棚が目立つ場合が多かった。しかしそれを除いてどの船にもあるものの一つは、下に引き出しのついた広い面積を持ったテーブルであった。そこに海図を広げるのである。もっともその機能を知らないうちは、そのテーブルは、パリのオートクチュールのアトリエの裁断用のテーブルと似ているようにさえ思う。私はカトリックなので、どこの大きな教会にもある「香部屋」と似ていると感じたものだった。香部屋というのは、司祭の祭服を入れておく支度部屋であった。司祭はミサの前に、そこでしばしば豪華な刺繍のある年代物の祭服をつけ、終わると世話係の人が、広いテーブルの上で丁寧に畳んで、下についている引き出しの一つに大切にしまうのである。

船では本船が現在走っている海域の海図がこのテーブルの上に置いてあって、航海士は必ずそれに基づいて現在位置を記入していく。

「アルビダ号」はマラッカ・シンガポール海峡を離れると、ベンガル湾を西行し、スリランカのドンドラ岬を廻ると、アラビア海に入った。

もうこうなると「海ばかり」である。その時使っていた海図が何万分の一なのか、私にはわからないが、航海士にとっては、行き先の次の海域を示す海図を出したって、つまりは海ばかりだから、より広い海域を示す海図で充分だと思われたのだろう。

しかし船長は、それを厳しく叱った。必ず次のもっと細かい海図を出せ、と言う。私はもちろん黙っていたが、労を惜しむ性格だから、若い航海士が、広い海域を示している海図を使っても当然だと思った。

しかし……である。こうした手の抜き方は、土木の現場でも厳しく禁じられていた。一見差し当たりは大した不都合はないように見えても、細部をなおざりにするということは、大きな事故に繋がる場合が多いのである。

第十九話　遅く走る理由〈湾岸まで　Ｖ〉

——私たちの日常生活を支える偉大な人々

私の乗っていた大型ＬＮＧ船「アルビダ号」は、インドの南端を過ぎてから素人風に言うと右折して、アラビア海に入ったのである。私が自然界のことを説明すると、たいていその無知さ加減の故に不正確になるのだが、地球上には常に偏西風が吹いているせいか、アラビア海自体がもともとそういう性格の海なのか、果たして海は少し荒れ始め、船は常に左舷から波を受けるようになった。

波と言ってもそれほどは大きくないのだが、船は波に直角にぶち当たって乗り越える形になる場合はピッチングという縦揺れになり、大して辛くはない。しかし横波は、わずかなものでもローリングといわれる横揺れになって伝わり、これが船酔いの原因になるという人が多い。

私は船中でも書かねばならない原稿を少し抱えていたので、あらかじめ船酔いを防ぐ用意をしていた。と言ってもほんとうはあまりに気の小さな準備で、恥ずかしいくらいのものだ。

シンガポールを発つ前に、私はシンガポールで最大の文房具店に行って、私が宇宙ペンと呼んでいるものを買った。これはボールペンの軸の中に三千ヘクトパスカルの高圧を封じ込めたもので、無重力空間で生きる宇宙飛行士用に開発されたものだという。船は別に無重力ではないのだが、私は船酔いを感じる前に（軽いローリングを感じた段階で）、ライティングボードに挟んだ原稿用紙とこの宇宙ペンを持ってベッドに横になってしまい、寝ながら原稿を書くことにしたのである。仰向けだと普通のボールペンではインクが出てこない。

この体勢は思いのほかうまく行った。作家は起きているからこそ、すぐ原稿を書く手を止めて立ち上がり、歩き回ったり、余計な雑誌を手に取ったり、「間食や間飲」をするのであって、横になっていると私でさえ本を読むか考えるか、テレビを見るか……それ以上の悪さはしない。だから私はベッドに寝てしまうことで、集中して原稿が書けたのである。

私が初めて「違う海」の光景を見たのは、オマーン湾から、有名なホルムズ海峡を抜け、ペルシャ湾に入ってからである。この狭い内海のことを私たち素人は「ペルシャ湾」と言ったり「ガルフ」と言ったり、時には「湾岸」という言葉を使ったりしている。しかし、商船三井から受けた資料を見ると、「ザ・ガルフ」としか書かれていなかった。この呼び名には、恐らく政治的にめんどうな背景があるのである。

昔私は紀元二世紀のアレキサンドリアを舞台にした連作短編を書いていた時があったが、その時、土地の人々が目の前の地中海を何と呼んでいたか不安になったことがあった。調べてみると、彼らはただ「海」と呼んでいたようだ。当時の人々は、世界地図も見たことがなく、地中海の端っこがどのように他の海と繋がっているかも考えたことがなかっただろう。だから彼らの目に入る部分は「海」だけで充分だったのだ。

しかし「狭い海」は今までこの「アルビダ号」が辿ってきた「大洋」と比べると、全く違った海面であった。色も違ったと思うが、そこは人間が使う水溜まりと思える要素が強かった。

まず大小さまざまの船が通る。船の右舷にずっとイランが続き大国だという実感を覚えさせてくれる。左舷に見えるのはいわゆる沿岸諸国だ。アラブ首長国連邦、サウジアラビア、カタール、バーレーン、クウェート、イラクという順序で繋がっている。湾内に入ると、突然アラビア語のテレビが切れ切れに入り出し、数分間おきに、アメリカの軍人がにょろにょろと悪魔の姿に変わるコマーシャルをやっていた。字の読めない人相手の洗脳を心得たやり方だ。海上交通も頻繁になった。小さな船が、始終無謀とも思える至近距離で「アルビダ号」の直前を横切る。日本では、大きな船の前すれすれを横切ると大漁になるとも言われているのだが、この暑くて「ひねもすのたりのたりかな」という言葉が思い出される生ぬるい水温の海で、身の締まって脂ののったおいしい魚が獲れるとも思えない。

興味深かったのは、海峡のまさに一番細い場所に、対岸のイランに向かって突き刺さるような形で、角のような形のオマーンの飛び地があることだった。この辺は密輸業者の巣窟で、「不思議な船がよく通るんですよ」と教えられたので、私は高さ四十五メートルもある「アルビダ号」の船橋の上から、始終海面を見ていた。イランに向かって走る小舟は、船底まで見える。五隻が一組になり、ぼろ船の癖に恐ろしく馬力のあるエンジンをつけた船団である。しかもイラン行きは空船である。船頭が一人だけで、それこそ空箱一つ積んでいない。船のサイズと格から言えば、鶏や野菜を入れた籠でも積んで、沿岸諸国に届ける目的としか思えない船が、なぜそんなスピードを必要とするのか不思議である。安っぽい推理小説風に考えれば、例えば麻薬のような非合法の積み荷を積んで官憲から逃げるような場合だけ、こういう速度が要るだろう、と思える。

当時私はまだ日本財団に勤めていたので、財団の資金の全額を受けている日本モーターボート競走会とは、深い関係があった。だから船の誰かから、「日本財団さんは、あいう船をスカウトして、モーターボート競走にお使いになったらいいんじゃないですか」と冗談を言われた時、「いいアイディアをありがとうございます」と礼を言ったものであった。しかし現実には「アルビダ号」は、この手の船に対する警戒も怠ってはいなかったのである。

十一日の間に私は時々「アルビダ号」は何とゆっくり走るものだろう、と思ったことは何度かあった。船体が大きいから、少々走っても速度感がないのだろうが、エンジンの機能は最新鋭のはずだ。それなのに二十ノットを切る瞬間さえある。

私はこんな無礼な性格だから、なぜもっと早くお走りにならないのですか、と或る日船長に尋ねたこともあった。するとこの船は、目的地であるカタールのラスラファンに、指定された日の決まった時間に到着しなければならない。こんな巨体では、早く着いたからその辺で待っているにしても周囲の邪魔になるのだろう。さらに接岸している時間には、ゴジラの卵風の庫内をマイナス百六十一・五度に下げた状態にしておかねばならない。そうでないと、液化天然ガスは六百分の一の体積にならないから、積み込めないし、爆発の危険性もある。それらを「コンピューターで計算して走っています」と教えられて私は恥じ入ったものだった。

私はラスラファンで見学のための船旅を終えて下船し、約百キロを車で走って首都のドーハから飛行機で帰国することにしていた。

目的地に着く前夜、私はお別れの夕食の席で船長に尋ねた。

「ドーハというのはどういう町ですか?」

実はドーハには行ったことがない、と言うのが船長の答えだった。もう長い年月この航海を繰り返していると聞いていたのに、一度も首都に行ったことがないというのは、どういうことなのか。その答えはすぐに与えられた。着岸すると同時に、「アルビダ号」は危険物搭載中という態勢に入る。見かけは岸に設置されている液化ガスの口にホースを繋げばいいだけだが、積み荷は危険な燃料なのである。それから二十四時間かかって液化ＬＮＧを積む間、船の最高責任者はずっと現場にいなければならない。

積み荷が終わるとすぐに水先案内人を取って出港する。日本に近づいても同じだ。どの港の施設でＬＮＧを下ろすかは、その日の燃料の保管状態と相場で決まるらしい。北関東に行く時もあれば、三重県に向かう指示を受ける時もある。

「すると……」と私は言った。

「日本でも船をお降りになることはおありにならないのですか」

「女房は時々来ます。でも何年も我が家を見たことはありません」

こうした人々の働きの上で、私たちの日常生活は支えられているのであった。

第二十話　プロムナード・デッキの風

——人の生死と船はぴったりと結びつく

カタールへの旅を終えて約十年間、私は日本財団の会長としての任期も終えて、家で穏やかな日々を送っていた。毎週末というほどではなかったが、暇ができると三浦半島の海辺に行き、毎日相模湾に沈む夕日の色を眺めて暮らした。昔からの友人の考古学者・吉村作治氏はエジプトのピラミッドの傍で、死後のファラオのために作られたという木造の「太陽の船」を掘り出していた。ファラオは死ぬと、この船に乗って西へ向かい、翌朝東から蘇って再生するのだという。

さすがに私はそのようには考えなかったが、人の生死と船はぴったりと結びつく感覚はあった。人間は死んでから汽車ぽっぽに乗って西方浄土へ行くとは考えないものである。

私はどこかで人生の時間を考えていた。死ぬ時期というより、ごく平均的な人間として動ける時間が、後どれだけ残されているかということである。

そこへちょうど（おあつらえむきにと言ってはいけないのだが）、私はヘルペスに罹った。死ぬ危険は全くない病気だが、体の左右どちらか半身に発赤が出てそこがしつこく痛む病気である。発赤のあとは膿が崩れて、知らない人はもっと悪質な皮膚病に冒されているのかと思うだろう。歌舞伎にでてくる四谷怪談のお岩さんの、膿崩れた顔貌は、ヘルペスに違いないというのは、この病気に罹ったことのある息子の実感でもある。

私がヘルペスに罹ったのはそれが二度目であった。ヘルペスはどこにでも存在するウイルスで、普通は発症しないのだが、ストレスなどで体が弱っていると出てくるものだという。私はその初期の兆候を知っていたので、早めに薬を貰い、治療は少しも遅れなかった。しかし私がその病気に困惑していたのは、その二〇一四年の春に、私はさまざまなことを計画していたからである。

まず第一にクラシック愛好家たちのグループ・ツアーに加わってドイツにベルリン・

フィルハーモニー管弦楽団の演奏を聴きにいくことにしていた。

第二の計画が大学時代の同級生と、世間の人たちが一つの夢として思い描く豪華客船のクルーズに出ることであった。この同級生は、アメリカ人の夫と結婚して以来、ずっとカリフォルニアに住んでいたが、最近夫に先立たれ、子供がいないこともあって、それ以前から楽しみにしていたクルーズに、ますます熱心に参加するようになった。その計画に誘われたのである。

クルーズ通の彼女として選ぶ条件は、第一にまだ自分が行ったことのないコースだという点だったが、そのほかに彼女のごひいきの船であることが大切だった。仮に一つの船会社が同じサイズの二隻の姉妹船を持っているとしたら、そのどちらの食事がおいしいか、部屋係のメイドさんはどちらがフレンドリーかなどという点まで知っていた。

その彼女が言うには、私たちは充分に年を取っていて、いつ死んでしまうかわからない。今年ぐらい自分が乗るクルーズに付き合ってよ。そこで充分に話をしましょう。そうでないと現世でお互いに話をする時間もなくなるわよ、ということである。

まことにもっともな話なので、私は彼女とクルーズに出ることを簡単に決めたのである。

船に乗る期間や、船室の等級その他は、すべて彼女の決めた通りでいいということにした。ただ彼女はアメリカの西海岸からその船に乗ってくるのだが、私は時間もないので、ベトナムのホーチミン市の外港に船が着くのをねらって合流するという計画にした。私の主治医は賢明な人で、私のウエストの患部はまだ膿に対するシップを貼っていなければならない状態だったが、私が外国旅行に出ることを少しも止めなかった。日本にいて痛い痛いと言っているより、船旅を楽しんだり、ドイツでベルリン・フィルを聴いたりする方が気が紛れていいと判断してくれたのである。それで私は意気揚々とは言えず半病人よりちょっといいくらいの健康状態だったのに、途中飛行機の中でシップを貼り替えながら、一人でベトナム行きの飛行機に乗った。もっとも直行便はなく、バンコックで乗り換えねばならなかったと記憶する。

ホーチミン市に着いてからも傑作だった。私は豪華な外航船に乗るのだから、さだめし旧サイゴン港の第一等の埠頭から出るのだろうと思っていたが、空港で雇った車は郊外に向かって走り続けた。三十分以上経過してもまだ着かない。やがて畑の中の小道を、埃を上げて走るようになった時、十二、三頭の水牛の群に追いついた。しかし牛飼いのおじさんはすこしも慌てず、悠々と水牛に従っている。いらいらすべきだが、おかしくて笑いだしそうな光景でもあった。

もう少し緊迫した都市部なら、いつまで経っても目的地に着かないことに私は恐れをなし、誘拐されるのではないか、と危惧したのかもしれないが、やがて畑の中に灰色のブロック塀が見え、その向こうにビルが建っているのが眼に飛び込んできた。

ベトナムも大したものだ。郊外の畑の中にもビルが建つようになったのだ、と思ってよく見ると、ビルには煙突が生えていた。それが私が乗る「クリスタル・セレニティ号」の上部だったのである。

「クリスタル・セレニティ号」は総トン数六万九千トン、長さ二百五十メートル、十三階建てというから、ブロック塀の上から、船体の上階がビルのように見えていたとしても自然だったのである。

チェックインする時、フロントの空気が都市型の老舗のホテルのようだという印象があったが、それはけなした意味ではなかった。私はシャンデリアに弱いのである。レストランがシャンデリアできらきら輝いていれば、これは田舎者の観光客目当てのバカ高くて味の悪い店に違いないと疑い、知人の新築の家に招かれて内部がもしシャンデリアだらけだったら、このような派手な家族とは、将来付き合い切れないのではないか、と心配になる癖もある。

私の船室は、友人の隣で、プロムナード・デッキに面していた。この階の部屋には、個人のバルコニーというものがなくて、その部分は床に温かい感じの木を張った広々としたいわゆるプロムナードになっている。

プロムナードは、私の感覚ではやや古風な英語で、遊歩、散歩などという意味である。日本語で言うと「そぞろ歩き」である。海風の中を、船客たちが運動を兼ねて歩くためのデッキがぐるりと船を巡るように続いているのだから、多分、船が動き出すと、この上なく心地よい散歩道になるのだろう。海風を肺いっぱいに吸い込み、信号機や自動車を気にせずに歩ける。そんな空間は、現在地上にはないのだ。

プロムナード・デッキに面した船室の不便を強いてあげれば、自分専用のバルコニーを持たないことだが、私は初めからそれを望んでいなかった。船には、それぞれに違った雰囲気でお喋りのできる空間がある。朝日を見る時と、夕日を眺める時とでは、違う向きのデッキチェアーがいいだろう。プロムナード・デッキから、私の部屋を覗き込む人がいないかと、私は無礼なことを考えたが、窓のガラスは外から見ると鏡のような特殊ガラスで、中からは外が見えても、外からは中が見えない。

その旅に私が持って行ったたった一つの特別な用意は、ダチョウの卵ほどの大きさの加湿器だった。一般に東南アジアの空気は湿っているのだが、船内は冷房で快く乾いている。それが私の喉にはよくない。この加湿器は非常に有効で、私は暇さえあれば船室で横になっていたこともあって、だらだら続いていたヘルペス後遺症は、順調によくなった。

私の第一の関心は、もしかすると私たちが船内で最高齢者ではないかと思っていたことだ。友人は幼時の病気の結果で杖をついているし、私は病後である。いったい何歳くらいの人がクルーズを愉しんでいるものなのか、私の調査はそこから始まった。

第二十一話　ダンスのお楽しみ

——人生最後の過ごし方は実にさまざま

人も羨むクルーズに出ながら、私の興味はどこかずれているらしい。別に私が高齢者だから人の年齢ばかり気にしているわけではないが、私はヘルペスの治療直後で、健康に自信を失いかけていたせいもあって、一体世間の人は、何歳くらいまで船旅をしようと思うものなのだろうか、ということに、当時は一番通俗的な興味があったのである。

昔聖書で、寿命と訳されている「ヘリキア」というギリシャ語原語の意味を習った。それは確かに寿命ということを示す単語であったが、同時に「あることに適した年齢」という意味と、「背丈」という意味をも持つ言葉でもあった。どちらも人為的にはどうにもならないことである。もっとも戦後の日本は、栄養状態が戦前とは比較できないほどよくなったせいか、いわゆる寿命も数十年延びたし、若者たちの背丈も高くなった。野球選手のイチローは、四十歳を過ぎても現役である。しかし根本のところで、どんな仕事の誰にも、現役を引くべき時がある。それがヘリキアだ。

ことに船旅は、登山などと共に、誰にでもできる、というものではない。まず第一に、第一線で働いている人には、最低でも一週間以上かかる旅という性格上、現役でいる間は不可能だ。第二が、そのためにかかる費用が問題である。船旅は、それらしく豊かな思いを楽しもうとすれば、或る程度のお金はかかる。飛行機のエコノミークラスで移動するのとは違う。よほど資産のある人でない限り、若者たちは簡単に実行できない。第三に体力だ。これは人によるが、掛かりつけのドクターのいないところには、怖くて行けないという持病を抱えている人もいる。老年は総じてこの制限を受けている。

「クリスタル・セレニティ号」に乗るや否や、私はこうした質問に答えてくれるPRセクションを見つけた。決して船会社の秘密を聞かせてくれ、というわけではないが、公表してかまわない点だけ教えてください、私は一種のジャーナリストですから、と頼んだのである。私は当時八十二歳だった自分が、ひょっとしたら最年長ではないかと思っていて、その点をまず尋ねたのである。

船では、固有名詞はないが、年齢別のと、国籍別の船客の人数を教えてくれた。一番多いのが七十代で二百三十七人、次が六十代で百九十七人、三番目が八十代で百二十一人である。二十代が六人いるのは、新婚旅行か、などと、これは私の勝手な想像である。国別で一番多いのが、アメリカ人で四百五十六人。カナダの五十九人、イギリスの五十四人、ブラジル三十一人、日本二十八人と続く。

私が最年長かもしれない、と思ったのは全くの当てはずれであった。九十代は十六人も乗っており、最高年齢は九十九歳の常連のアメリカ婦人だという。

個人としての船旅の目的などというものは他人がわかることではないが、アクティビティーズ・ホステスと呼ばれる役目の日本女性によると、日本人の場合、ダンスが目的の人も多い、というのである。初めは踊れなかった人も船旅でダンスを覚えた。しかし日本に帰ると踊る機会がない。それで二度、三度とリピーターになって、踊るために乗る人もいるらしい。それでこそ、せっかく作った服の出番もあるというものだろう。

九十九歳で乗っている女性もダンスが目的だった。日本では、年を取ると足腰が悪くなる話ばかりだが、この人は違う。それなら誰かお連れ（夫でなくても特定のパートナー）と乗っていらっしゃるのですか、と聞くと、お一人なのだという。しかし船には「アンバサダー・ホスト」なる専門の男性のダンサーたちが乗っている。年齢も背の高さもまちまちだから、希望の人と踊れるのだそうだ。ダンスの専門家が相手なら、少々こちらのタンゴが下手でも楽しく踊れるだろう、と思ったが、人生の最後の過ごし方は実にさまざまあるものだ。

この女性は、遠くからおみかけしたが、濃緑色の服を着て、背の高い男性のダンサーと踊っていた。セミが樹木に止まっているようにも見えるが、リズム感に乗って体を動かす機会が、九十九歳の女性に、そうそうあるものではないと思うと、この人の賢さがよくわかる。ダンスが終わるのは、大体夜の十一時頃。その時だけ、ダンサーの一人が、この方を船室の前までお送りする。しかしお出かけ前のお召し換えは自分でなさるというのだから立派なものだ。

私は他にもう一人、かなり高齢の外国人女性と、図書室の中で口をきくようになった。こうした船の楽しさは、普通なら全く立ち入ることもない他人の生涯に、無礼とは言われない程度に短時間に触れられることである。彼女はロンドン在住のユダヤ人だと自分で名乗った。船には妹といっしょに乗って来ているが、この妹が「バカで、自分の幸せをちっとも自覚できていないの」と屈託ない。姉妹でこんな船旅をできるのは、ほんとうに幸運なことなのに、それを感じられず、日々、文句ばかり言っている。

彼女は、別に戦争中のユダヤ人たちが受けた迫害などについては触れなかったが、彼女の言葉の背景には、自然にユダヤ人社会が受けた歴史の悲しみがにじみ出ているように思えた。

「でも私の楽しみは普段から本なのよ。だからこうして毎日図書室に通っているの」

「クイーン・エリザベス2号」と違って、この船の図書室はかなり狭かった。世界的に読書人口が減っているのだろうと私は思った。

「ダンスもなさるの?」

と私が彼女に聞くと、彼女はまるで秘密なことでも囁くように私の耳元に口を寄せ、

「あなた、私は今年九十五歳なのよ。誰が九十五の女と踊りたがると思う?」

と笑った。これはまことに健康で良識ある賢い老女の答えであった。

船側から提供された乗組員の国籍もなかなかおもしろいものだった。

七百二十一人の客に対して、乗組員は六百五十五人である。アメリカ人はたった十八人だけで、一番多いのはフィリピンの二百九十二人、次がインドの四十人、南アフリカ共和国の二十七人、クロアチア二十二人、というのが、船の主なマンパワーである。基本的に、彼らの使っている言語が英語であることが望まれているようだが、クロアチア人も多数派だ。キャプテンも首席航海士も、二人いる一等航海士の一人もクロアチア人だし、私がシップ用のガーゼをもらいに行った医務室のナースたちもルーマニア人やハンガリー人などいずれも東欧人だった。

おもしろいのは、魚料理の下ごしらえをする係に、東独出身者が多いという。メイン・ダイニングルームのウェイターに至っては、それこそあらゆる国の人がいる。そうだろう。私たちだって「イクラ丼はできない？ 山葵（わさび）を効かせてもらうと嬉しいんだけどね」みたいな勝手な望みは、自国語で頼みたいのである。

船の保安関係はインド人が占めている。入港している間、甲板で警備に当たるのである。下級甲板員のほとんどは、修理、油差し、電気やエンジン部、焼却炉、などの部門でフィリピン人が働いている。ホテル部の実力を占めるのも、三百人に近いフィリピン人の大部隊である。

このごろ人種によって差別をしてはいけないというが、どこの職場でも、職種によって特定の国籍の人が多数を占める場合は多い。土木の現場でも、いい意味で、コンクリートの打設はインド人、コンクリートの構造物は中国人がうまい、などという言い方をする。それぞれの国民が、お国柄によって得意な仕事に従事すればいい、と私は思う。雇う方も雇われる方も、その方が便利だし、ノウハウも受けつがれ、母国語で連絡を取れる便利さもある。そこまで来て、初めて職業に貴賤はない、という実質的な意味も生まれるのである。

第二十二話　人生の交差点

――愛とは見守ること。船は船客を見守る

最近の「世界日報」紙によると、私が初めて、仕事の目的なしに乗り込んだ「クリスタル・セレニティ号」は、今年は大型船による初めての北極圏観光の試みとして八月半ばにアラスカ州のアンカレジを出港したという。船は北西航路を横断し、グリーンランドなどに寄港した後ニューヨークに着く。北西航路とは、カナダ北極諸島の間を抜けながら進む「難路」で、一九〇六年にノルウェーの探検家アムンゼンが初めて横断に成功したという。私は日本財団で働いていた時、夏だけの北極海航路の交通が将来可能かどうかの調査にお金を出したことがあり、その結果は今でも時々気にかかる。当時はマラッカ・シンガポール海峡にしきりに海賊が出た時代でもあり、夏だけにせよ北極海航路

が可能になれば、海賊の襲撃を受ける危険もなく、距離も近く、従って燃料費の節約にもなり、保険料も安くなる、という利点があった。

もっとも今回の「クリスタル・セレニティ号」の北極圏への旅は、一番安い部屋で二百万円。砕氷船も同行するという。すばらしい時代になったものだ。

ところで、この手の豪華客船の旅にはいくらかかるのか、そしてどういう人たちが乗っているのかは、私ももっとも興味のあるところだった。船には、もう陸上の生活をやめて、ここを自宅としている人も何人かいるという。いったいいくらかかるのか、私なりに計算をしてみたのだが、大まかに言うと一日に約十万円、だから一年乗り続けていると、約四千万円くらいはかかるだろう。

しかし考えようによると、これはしがらみのない軽い生き方なのかもしれなかった。贅沢なワインを取ったり、船内のイタリアン・レストランや鮨店に始終行けば別だが、日々のきちんとした食事にはワインもついている。午後のお茶も無料。洗濯は特別に出せば別だが、船内のランドリーで自分で洗えば無料である。

もし年寄りが陸上で暮らせば、週に何回かはメイドさんを雇ったり、一戸建ちの家に住めば税金も払わねばならない。庭の芝生を刈ったり、大木の枝を払う必要も時には生じ、暴風雨があれば、屋根の修理も発生するかもしれない。しかし船で生活すれば、生活上のことは何も心配しなくていい。食事も掃除も誰かが至れり尽くせりにしてくれるのだ。「クリスタル・セレニティ号」では、チップも一応込みの値段で運賃が決められていた。

どういう人が、永住型のお客かというと、アメリカ人の場合だが、大会社の大株主のような人たちだという。年に最低四十万ドル、株式の配当があれば、それで基本的にはこの手の船で暮らせる。

私は心配性なので、船が二年に一度、自動車の車検に当たる船体検査に入る時はどうなさるのですか、と聞くと、その間は、姉妹船に乗り換えて頂くか、港近くのホテルにご滞在頂くかするという。

おもしろいことに、この手の滞在型のお客は、船が港に着いても、ほとんど上陸しない。ずっとただ船中にいる。私は短い航海の間にタイの保養地のようなところで上陸してみただけで、病後で疲れてもいたので他の土地では船から降りることをしなかったが、同行の友人は元気で、どこででも上陸してツアーに参加していた。しかしどこもおもしろくなかった、と報告してくれた。あたりの浜は荒れて掃除も悪い田舎風の海岸としか言えない。着替えに入ったホテルは、化粧室の鏡だかガラスだかが割れたまま。水道の水は濁っていて、決して快くなかった。日本くらい地方も発展していれば、上陸しても見物するところはあり、トイレもそれなりに清潔で土地の食事もおいしく、買い物もできて楽しいのだが、それだけの体力を持った国も地方も、地球上にはそれほど多くはないということを、この長期滞在型の常連客たちは知っているのだろう。

それくらいなら船の生活の方がずっと快い。私は早起き型なので、早くからデッキで朝食を食べるのが楽しみだった。コーヒーは朝五時半くらいから出ているので、同行の友人とはデッキで落ち合った。もっとも私たちはアメリカ人のように、お皿に山盛りのパンを食べるわけではなく、私は棒のように立つまでカリカリに焼いたベーコンと、柔らかいスモークサーモンにクリームチーズと生のタマネギを添えたものがお目当てなのである。このストリーキー・ベーコンなるものを、日本ではあまり買うことができず、棒のようになるまで焼くには、それなりに心を込めなければならない。だから怠けて自分では何もせずにいられるのは、一種の合理的な生活なのかもしれない、と私は納得した。

船内には医務室もあるし、そこまで考える人は少ないかもしれないが、万が一死んでも別に慌てることはない。船内の死亡者は船医が一応検死をし、冷蔵庫に保管して、次の寄港地で改めて死亡判断をし、遺族をそこに呼び寄せて遺体を引き取ってもらうという手順だという。何一つ慌てることはない。

私はこのクルーズに際して、船がどの辺を走るのかよくわからなかったが、とにかくマレー半島の東の海をシンガポールまで南下することだけは推測がついたので、船室を右舷に取ってもらってあった。もしかすると、時には陸が見えるかもしれない、と思ったのだが、その気配は全くなかった。船は時には十ノットも出していないような速度で走る時もあったし、どんなにまともに走っている時でも二十ノットを大きく越すことはなかった。私はこういうことを、どこにいても制服の甲板部の士官が見える時にはいつでも聞いた。別に揺れが違うのでもない。毎日毎日、走っているという感覚もないままに、船はゆっくりと動いていた。

人生もそうなのだ。もう或る年齢に達した人たちにとって、月日の動きはさしたる問題ではない。生も死も、いつ来ようと遅れようと、大したことではない。ただ日々が、できれば愛の感覚で満たされていた方がいい。そして愛とは何かというと、いつか古い『カサブランカ』というモノクロの映画を見た時、名訳を知った。映画の字幕がないのだが、言葉の選び方が実によくできていたのである。愛とは「見守ることだ」と書いてあった。相手を自分の力で変えさせることではない。ただ見守ることだという。船は船客を見守っている。

もし私がこうした船にずっと住む人になったら、私は日々が少しでも愛で包まれていることを目的とするだろう。もはや、大きく期待することも、求める相手もいない。静かに時を待って、この世から消えるだけである。しかし日々は確実に巡って来る。死ぬ日まで、私たちは確実に人々の中で生きるのだ。だからそこには愛があった方がいい。

私はプールで泳ぎもしなかったが、夕方、人気もなくなった頃、閑散としたプール・デッキを通ることがあった。私はデッキチェアーに座ってみて、涼風を愉しんだ。私はふと、夜、一人でこの風の中で一晩くらいは寝ればよかったと思った。おりよく通り掛かった船員がいたので、私は「夜この椅子で寝てもいいの？」と聞いてみた。すると「ご希望ならどうぞ」という返事だった。しかしすぐ私は、自分の質問の空虚さを感じた。私は夜の船のデッキなどには、決して出ないようにしていたのである。

昔友人たちと自動車を積んで、スペインのアルヘシラスからモロッコのタンジールまでフェリーで渡った時、私たちは一応船室を取って寝たのだが、私は同行者に、決して夜のデッキに一人で上がらないように、などという余計な注意をしていたのだ。夜中にデッキから海中に放り込まれたらほぼ見つけ出すことは不可能だ。

しかし今回の航海の途中、つまり二〇一四年三月八日午後、私は自室のテレビで、マレーシア航空機が北京空港で着陸に失敗したというニュースを見た。しかしこれは誤報だった。マレーシア航空三七〇便は私たちの船のどこかの上空を飛びながら不可解な針路を取って機影を絶ち、ついに墜落地点もわからなくなっていたのである。

第二十三話　船上の出会いについて
――強烈な現実に向き合うことが、人生に感動を与える

私は「クリスタル・セレニティ号」の航海に満足であった。くだらないことだし、あたり前のことなのかもしれないが、朝はカリカリに焼いて棒のように立つ私の大好きなベーコンも出てくる。デッキの朝風もすばらしい。

何より感心したのは、船の機能だった。港を出る時、ボーと汽笛も鳴らさず、ひょっとして岸壁を離れているのではないか、と思ってデッキから下を覗いて見ると、舷側の下にゆらりと細い水が見えている、という静かな出港である。

とにかく揺れを感じたことがない。十万トンのタンカー、「アルビダ号」に乗せてもらった時でも、歩く時気をつけねばならない程度には揺れた。しかし「クリスタル・セ

レニティ号」はただ浮いて進んでいる、というだけだ。季節もよかったのかもしれない。しかし、私はほんとうにその生活を愉しんではいなかった。「船客のすべてが要求するもの」に合わせるのは当然なのだが、そこで用意されているのは、すべて安易な架空世界だったからだ。

私にとって作られた娯楽は、すべてディズニーランドと同じで、実生活の重みが全くなかったからである。

もちろんそれは船が悪いのではない。船客すべてが「与えられること」と「架空の幸福」を要求していたからだろう。しかし私は一生で、そんな軽々しい娯楽を楽しんだことはなかった。それは私の生来の好みや、仕事の性格が片寄っていたからだと思う。

「クリスタル・セレニティ号」では、いろいろな催しがあった。映画、午後のお茶……。ちょうど「マルディグラ」（懺悔の火曜日）に当たる日も迎えたので、船の広間にはニューオリンズの町を示す大きな「大道具」もしつらえられている。マルディグラはカーニバルの中で最高潮を迎える日だというが、カトリックの私はそんな祝い日を聞いたこともない。このお祭り日はニューオリンズなどでことに派手に祝われる、という。するとフランス系の人々のしきたりなのかもしれない。

船客たちの中には、ちゃんとその日のために特別に身につける大きなビーズの首飾りなどを持って来ている人もけっこういて、私は感心して眺めていたが、私はやはりこういう「作り物」や「お祭り騒ぎ」が好きではないので、通りがかりに陽気なディキシイランドを聞きながら、そのまま船室に戻ってしまった。

モーツァルトの夕べというものもあった。これはちょっと興味があったので行ってみたが、ウェイトレスの女性たちまで、モーツァルト当時のウィーンの衣装だというものを着ている。しかし何となく埃っぽく色も褪せていて、作り物の貧しさに耐えられない。女性の弦楽四重奏をしてくれるグループが乗っていたが、この音楽はまあ、こういうところではこんなものだろう。私はコーヒーを飲んだだけで、結局お菓子も食べなかった。甘いものの苦手な私は、ウィーンのお菓子は、特に重くて苦手なのだが、きっとかなり本場のものに近く作られていたのだと思う。

スロットマシンが置いてある一種の広場は、いつでも遊べたのかもしれないが、時間が早すぎたのか、遊んでいる人は一人も見かけなかった。ブティックの並んでいる小さな通りもあったが、私は何も買えなかった。

文句を言う筋合いは少しもなかったし、船側は一生懸命、お客たちに娯楽を提供しようとしていたのだが、私の人生で得た楽しい時間はこんな受け身の作り物ではなかった。私はいつも、人が行かないような苛酷な場所に行って、その生活に入り込んでいた。それらは、人間が真剣に生きる場であって、作り物、つまりディズニーランド的娯楽のような架空現実は全くなかった。私はいつも、見知らぬ生活の真っ只中にいた。インドの癩病院や、気温は四十度に近く、湿度は八十パーセントに近いペルシャ湾岸で働く日本人社会や、エチオピアの飢餓の村や、とにかく強烈な現実とだけ向き合って来たのだ。そうした現実に則した体験は、私にその後も人生の感動を与えてくれたし、その後にニュースとして考えるべき何かがどこかで起きた場合でも、私に少しは複雑な、そしてマスコミの大勢とは別に、私独自の角度から判断するデータを与えてくれるのに役立っていたからである。だから私は、幼い子供は別として、良い大人が遊園地的な娯楽を評価することに、或る嫌悪感に近いものさえ感じていた。

もちろんそれは私の特殊な性格や立場のせいもある、と私は考えていた。私は個人的には一人も知らないのだが、「自称・戦場カメラマン」という人は、危険な戦場でなければ自分の能力を発揮できないと考えているのだろう。冒険の程度は違うが、私の場合もそれによく似た生の実感の測定基準があるのだ。

私の船室の外は、前にも言ったようにプロムナード・デッキだったので、ほとんど真夜中を除くいつでも、走っている人がいた。これは定めし気持ちのいいことだろうと思えた。排気ガスは一切なし。何キロ走ろうと、交差点で止められることもない。ボートデッキの床材は、チークだか何だか知らないが、上質の木材で、しかも使い込み、よく掃除されている。私だったら裸足で走るだろう。だから、私は「走る人々」に対しては充分に理解を持つことができた。

そんなことを申し込む人は他にいなかったらしいが、私はジャーナリストである、という一応の肩書を利用して、船のゴミ焼却施設を見せてもらった。私の多くの知人たちに(彼らはいずれも客船の乗組員ではなかったが)「出航後、一番先になさったことは何でしたか?」と尋ねると、「ゴミ焼きです」という答えが返って来たことが多かったからである。私の予想とは反して、焼却場はデッキの上にはなく、素人風に言うと「船の地下室」みたいなところにあった。高熱で燃やしたゴミは圧搾して容量を少なくし、次の寄港地で下ろす。プラスチックやビールの缶なども、圧搾して大きな塊にする。焼却場の責任者はイタリア人の機関長で、今回の航海では、シンガポールで降りて休みに入り、家族の待つロンドンに帰る、と嬉しそうであった。

私が個人的に口をきいた船側の人は、中で鮨店を出していたお鮨屋さんのご主人だった。アメリカに住んでいる同行の同級生は、このお鮨屋さんにしきりに行きたがったが、私は正直なところ、二度と食べたいとは思わなかった。決して店主の技術のせいではないのである。鮨は種の新鮮さが命なのだから、長い航海ではむりだ。それも北方の航路なら、どこかで新鮮な材料を仕入れられるかもしれないが、この東南アジアの航路ではむりだろう。

ご主人は私が時々、シンガポールで暮らしていると言うと、

「どこか新鮮な魚を売る店はないですかねえ」

と質問した。いつも自分が材料を仕入れに行く店はあるのだが、それ以外にどこかいいところはないか、という真摯な姿勢が、言葉の端々ににじみ出ていた。しかし私は、

答えた。

「ないでしょうねえ。南方のお魚は、どうしてもまずいんですから」

シンガポールに入港しても、乗客はその晩は船に泊まり、翌日正式に下船することになる。私は停泊しているデッキで新たな見張りに着いたセキュリティの男に尋ねた。

「私はここで降りるんですけど、このお船は、ここからどういう航路を取るのですか。マラッカ・シンガポール海峡を西へ行くのですか？」

その人たちはインド系の人だった。シンガポールでは、銀行や宝石店の守衛はほとんどインドのシーク族に任されている。彼は答えた。

「いいえ、スマトラ島の東端から南へ出るのだと思います」

何気ない会話だった。私はしかしこの船が、乗客には何も知らせず、海賊の出る可能性のあるマラッカ・シンガポール海峡は避けて、安全第一の航路を選んでいることを知った。

第二十四話　その故郷を海から見つめ

――まだ見ぬ世界と、航海に夢を賭ける

一度、贅沢なクルーズを体験すると、その人の名簿は、そうした船旅の愛好者としてリストに載るのか、それ以後、私のところにはそれまであまり関係のなかったような船旅のパンフレットが送られてくる。英語のも日本語のもある。

私はそこに載せられている写真を眺める。船長と、主立った船の乗客、或いは常連客との記念写真のようなものもある。

そこに写っている人たちの名前を、私は知らないのだが、お年を取っても品のいい美人ばかりなところを見ると、何度もこうした船の旅をして、もう行かないところはないくらいになった人たちなのだろう。

一年に一度か二度、こういう船旅をすると、それだけで気分が変わるだろう。陸（おか）へ上がった後も、それまでの生活が新鮮に思えるに違いないし、再び数ヶ月すると、多分顔見知りが集まるに違いない船旅の計画に心を躍らせる。

いつだったか、二十万トン以上はある巨大船が就航して、そこを住居にする人たちがたくさんいるという記事が出たことがあった。家を売って、生涯そこに住もうという人は、もちろん高齢者だろう。幼い子供がいたら、学校に通わせられないから、そういう計画もできないわけだ。しかしずっと船の上にいれば、船籍のある国の法律にはしたがわなくてはいけないのかもしれないが、収入に税金はかからないだろう、などと想像する人もいた。

しかしそのような船が今も人々の所期の思惑を乗せて健在なのかどうか、私は知らない。

私が会った多くの船乗りは――軍艦であろうと、漁船であろうと、貨物船であろうと――皆、いつか定年がきたら、陸に上がることを考えていた。陸へ上がった後の生活として、多くの人たちが、土をいじることを夢見ていた。軍艦に乗っていた人は「もう一生涯カナモノをいじるのはよそう」と思ったという。確かに軍艦はカナモノの塊であった。

そうした人たちは、そのほとんどが夢を果たした。小さな家庭菜園、新しく購入した家の庭いじり、ガーデニング・ブームに乗って野菜作りの指導者になった人さえいる。それが、つい去年まで、畑などいじったこともないような人たちなのだ。しかし彼らは理論的で頭がいい上、心身共に鍛えられているから、船に乗っているうちに畑作りの基本が書かれた本を読んでいて、立派に自分でも作り、人にも教えられるほどの下地を作っていたのだ。

人間は、それほどまでに陸の上に住むことを当然とする動物なのか。私は時々不思議に思う。もちろん水鳥のように、波の上に浮かんで暮らす習性はない。しかし一旦船に乗れば、陸上の生活にあった一切の煩わしいことと切り離されて、とにかく数週間か数ヶ月の自由な日々を確約されるのではないか。しかしそれでも港に着けば、人々は上陸する。船員たちは「ゴーショウする」という言い方をするが、それは「go shore」、つまり上陸することを言ったので、上陸する時の服は「ゴーショウ着（ぎ）」と呼んで、一種のよそ行きだった。

長い航海をすると、上陸してもしばらくは大地が揺れているような感覚がある。別に不自由はないが、願わしい後遺症でもないだろう。やはり人間は揺れない大地の上で暮らすのが自然だ、ということになるのだろうか。

しかし海運と漁業が消えることはない。多くの物資は船で運ばないと、運賃が合わない。そしてまた地球温暖化を防ぐためにも、航空機にはない輸送力がどうしても必要になってくる。

石原慎太郎元東京都知事は、陸に近い一定の海域に入る貨物船には、上質のA重油を焚くことを命じたと記憶しているが、船にさえそうした空気を汚さない配慮がなされている。

或る年、私は南アフリカ共和国の女性大使をご案内して、神奈川県三崎港を見学したことがある。大使は農業と漁業の専門の女性の参事官を同行してこられ、私は別荘の近くの畑も見て頂いたが、ことに港の関係者には、専門的な説明をして頂いて大変喜ばれた。

「漁船はどれだけ冷蔵庫にマグロを積めるのですか?」

大使は聞かれた。

「約三百トンです」

「日に、大体いくらくらいの漁獲量がありますか?」

「一日一トンです(ワンディ・ワンタン)」

「すると、やはり満杯にするには約一年近くかかりますね」

「そうです。それで日本に帰港します。乗っている船員たちは、ほとんどがインドネシア人です。三崎港に入ると、彼らはそのまま成田に向かって、まっしぐらに帰国します」

三崎港には、驚いたことに税関の職員も二人いた。たまにしか問題はないのだが、銃器と麻薬がらみの違反を取り締まるためだという。

私のようにお知り合いになったばかりの大使に、日本の地方都市の現状をお見せするということを思いつく者はいないと見えて、大使は他にも、警察署で日本の警察機構の説明を受けられ、駐在所という存在に驚かれたようだった。三崎警察署管内には、二十六年続いている駐在所があり、若い警察官夫婦が二十六年前にそこに赴任した。やがて子供も生まれ、その子供はそこから小学校に上がり、大学まで通った。そしてさらに結婚して、親の家を出た。何とも穏やかな日本人的人生である。暴力ざたの多い南アでは考えられない、「喜びも悲しみも幾歳月」的警察官の生涯だろう。

大使はその話にも感動され、その後、マーケットまでごらんになって、喜んでお帰りになった。

日本人は、隅から隅まで、あらゆる人が誠実に自分の任務を果たし、その道のベテランになって生涯を終える。私たちは同胞に誇りを持てる数少ない国民だろう。私はそのことに深く感謝している。

そして日本の生活があまりにも便利で、流通機構はよく、交通網もよくできており、食べ物もおいしく、治安もいいために、日本人はたとえば韓国人のようにアメリカに行きたがる人が多いということもなく、引退後は、陸に上がって、このすばらしい日本を満喫したいと願う。

しかし私には一つの危惧もある。

最近の日本人は船に乗りたがらなくなった。昔のようにまだ見ぬ外国と、航海に夢を賭けたような人たちもいなくなった。

貨物船や客船を動かすということだけならば、確かに外国人船員を雇っても済むことかもしれない。しかし時には、外国人の手には任せられないような積み荷もある。社会はどのようにも変化し、突然新しい要求を突きつけるのだ。その時、士官にも甲板部員にも日本人がいない船というものは、或る種の危うさを持つことになる。

そのために、どうしても、或る程度の日本人船員を養成して確保しておかねばならない。その点が、今後の日本の海運業界の大きな問題だろう。

私は大学で、英文学を専攻した。もっとも小説ばかり書いていたので、極めて怠け者の学生ではあったが……。そして英文学史の初めに習ったのが、スティーブンソンの『墓碑銘（Epitaph）』だった。

「広大な満天の星の輝く空の下、わが墓を掘り、私を葬られむことを」

と彼は自らの墓碑銘を書いた。肺を病んで、サモアで息を引き取ったという。

そこまでには、数多くの困難な航海があったろう。しかしその果てに、誰もが夢を見ていたのだ。「船乗りは、その故郷を海から見つめる」のだ。

自分は安楽に陸に住みながら、他者に海へ出て行ってくださいというのではないが、私の船員に対する憧れと尊敬は、どうしても消すことはできないのである。

あとがき

若い時、書く必要があって、俄(にわ)かに商船の勉強をした。今なら、普段から知っている世界しか書かないのだが、若いということは蛮勇を持ち合わせているもので、知識ゼロの世界でも、勉強すれば間もなくわかるようになると思うのである。わざわざ商船の、とことわったのは、軍艦と商船とでは違いも多そうだということは何となく感じていたからである。

呼び方も一部違う。軍艦は甲板(かんぱん)と発音し、商船は甲板(こうはん)と言う。私はこういうルール一つでも、実に多彩に違いの残っている世界をおもしろいと思ったのである。

船を下りた元船員の時間をもらって数時間勉強するうちに、私は商船の乗組員の生活に深く惹かれた。ことに当時はまだ古い通信の方法や、石炭でお釜を焚くレシプロエンジンなども残っている時代だったから、私は今のうちに古い商船の知識も習っておかなければ、今に日本中に、明治、大正生まれの船乗りの話をする人などなくなってしまうだろう、という焦りさえ感じた。

本文中にも書いたが、私が実地に海事知識を勉強させてもらった頃、或る船会社には、このレシプロエンジンの船が一ぱい残っているだけだった。戦争の終わり頃、日本が無理して作った戦時標準型船舶と呼ばれる船は、石炭をくべてお釜を焚く古色蒼然とした最後の船であった。当時の日本には鉄材などもなくなりかけていて、船底の構造も薄く、「板子（いたご）一枚下は地獄」という言葉が、新たな意味で実感になりかけている、という話だった。

そういう旧態依然とした船を所有しているからといって、別にその会社が貧乏だったというわけではないが、当然会社は私に、自社の持つ最新型の船を体験させたがった。しかし私は無理を言って、この戦前・戦中派の最後の生き残り船に便乗することを許してもらった。新しい船はいつでも乗れる。しかし時代おくれの船は、うっかりすると廃船にされてしまうのだから、歴史的な貴重品なのである。

この時乗った船は、時速七ノットという速度しか出なかった。その話をすると、関係者は笑ったが、実にこれから六十年以上経っても、まだこの程度の速度でしか走らない船が世界の海にはいくらでもいることを、私は改めて知った。とにかく、走っている船の速度が風速より遅いと、今どき珍しい煙突の煙が、前方にたなびくのだから、いささかマンガチックな光景なのである。

船の世界だけでなくどの現場でも、私は立ち入ることを許される度に、深い尊敬と尽きぬ興味を持って、そこで働く人の話を聞き続けた。船の場合は当直に立つ人からは、夜中でも暗い船橋（ブリッジ）に立ちながら、体験や海そのものの話を聞くことができた。もちろん見張りが非常に神経を使うような場合には、私は話を聞くのをやめる。前方の視界が悪く、当直の人々が常に双眼鏡を手にしているような夜には、何の役にも立たない私でも前方を凝視して緊張している。船には勿論レーダーはあるが、最終的に危機を察知するのは人間の眼なのだ。

そうした緊張の時と、緊張がほどける時を、私は海風の中で感じた。会話はその風の合間に、ことのほかあたたかい体温を保っているようであった。

二〇一七年　秋

曾野綾子

†初出――「ボン・ボヤージ」二〇一五年一月号〜二〇一六年十二月号

曾野綾子（その　あやこ）
一九三一年、東京生まれ。聖心女子大学文学部英文科卒業。七九年、ローマ法王庁よりヴァチカン有功十字勲章受章。八七年、『湖水誕生』で土木学会著作賞受賞。九三年、恩賜賞・日本芸術院賞受賞。九五年、日本放送協会放送文化賞受賞。九七年、海外邦人宣教者活動援助後援会代表として吉川英治文化賞ならびに読売国際協力賞受賞。二〇〇三年、文化功労者となる。一九九五年から二〇〇五年まで日本財団会長を務める。二〇一二年、菊池寛賞受賞。著書に『無名碑』『神の汚れた手』『天上の青』『夢に殉ず』『哀歌』『晩年の美学を求めて』『アバノの再会』『老いの才覚』『人生の収穫』『人生の原則』『生きる姿勢』『酔狂に生きる』『人間にとって成熟とは何か』『人間の分際』『老境の美徳』『生身の人間』『不運を幸運に変える力』『靖国で会う、ということ』『老いの僥倖』等多数。

私の漂流記

二〇一七年一二月二〇日　初版印刷
二〇一七年一二月三〇日　初版発行

著　者　曾野綾子
装　丁　坂川栄治＋鳴田小夜子（坂川事務所）
発行者　小野寺優
発行所　株式会社　河出書房新社
東京都渋谷区千駄ヶ谷二-三二-二
電話　〇三-三四〇四-一二〇一（営業）
〇三-三四〇四-八六一一（編集）
http://www.kawade.co.jp/

組版　有限会社中央制作社
印刷　株式会社亨有堂印刷所
製本　加藤製本株式会社

落丁本・乱丁本はお取替いたします。

ISBN978-4-309-02639-8　Printed in Japan